NETFLIX

STRANGER THINGS

HORRORES DE HAWKINS

UNA COLECCIÓN DE RELATOS ESCALOFRIANTES

exprés

STRANGER THINGS: HORRORES DE HAWKINS
Una colección de relatos escalofriantes

Título original: *Stranger Things: Hawkins Horrors*
A Collection of Terrifying Tales

Texto © 2022, Netflix CPX, LLC and NETFLIX CPX International, B.V. STRANGER THINGS™ es una marca registrada de Netflix CPX, LLC and NETFLIX CPX International, B.V. Todos los derechos reservados.

Publicado según acuerdo con Random House Children´s Books, una división de Penguin Random House, LLC, New York

Traducción: Marcelo Andrés Manuel Bellon

Portada: © 2022, Netflix Inc.
Imagen de portada: Patrick Spaziante
Foto original de portada usada con el permiso de Joe Hiltabidel Photography

D.R. © 2024, Editorial Océano de México, S.A. de C.V.
Guillermo Barroso 17-5, Col. Industrial Las Armas
Tlalnepantla de Baz, 54080, Estado de México
www.oceano.com

Primera edición en Océano exprés: agosto, 2024

ISBN: 978-607-557-999-3

Impreso en México / Printed in Mexico

CONTENIDO

11:58 P.M.

La medianoche se acercaba rápidamente.

Necesitaban llegar con Steve y Robin antes de que fuera demasiado tarde.

—Acelera, ¿quieres? ¡Nos estamos quedando sin tiempo! —gritó Dustin.

—No me grites —gritó Nancy también—. Voy al límite de velocidad. ¡Hay niños en el auto!

Erica asomó la cabeza al asiento delantero.

—¿Lo dices por mí?

—Sí. Lo digo por *todos* ustedes —replicó Nancy, con los ojos fijos en el espejo retrovisor. Repasó los rostros de Lucas, Erica, Max y Dustin. Cada uno le regresó la mirada: una hilera de caras impacientes apiñadas en el asiento trasero—.

9

Están actuando como si esto fuera una situación de vida o muerte.

Como un coro, respondieron al unísono:

—Lo es.

—Lo es —repitió Mike mientras se movía con inquietud en el asiento del copiloto. Golpeteó el reloj del tablero del auto—. ¡Sólo tenemos dos minutos! Debes dar vuelta aquí.

—¡Ya lo sé! —dijo Nancy girando el volante con fuerza.

Con el chirrido de neumáticos, el auto de la familia Wheeler salió disparado en la oscuridad. Casi chocó con la acera cuando entró en el estacionamiento del centro comercial de Hawkins. Durante el día, este lugar estaba lleno de compradores, patinetos y gente de todas las edades, pero los faros del auto contaban una historia diferente en ese momento.

A medianoche, todo parecía estar cubierto por un manto de sombras. Incluso el cartel giratorio del Palace Arcade se había oscurecido. Las luces de la calle parpadeaban débilmente hasta que se apagaron, de pronto, sucumbiendo a un generalizado apagón que estaba causando estragos en todo Hawkins.

La ausencia total de luz abarcaba kilómetros. Y había ocurrido en cuestión de segundos. Los chicos estaban tan concentrados en llegar a toda velocidad hasta el videoclub, que no se habían dado cuenta del paisaje de sombras que les esperaba.

Nancy giró y se detuvo junto al único auto en el desolado estacionamiento: un BMW púrpura. El de Harrington.

Dustin tenía la cara pegada a la ventanilla del asiento trasero, pero aún podía ver el conocido vehículo a través de la condensación en el vidrio.

—¡Gracias a Dios, todavía están aquí! ¡Vamos!

Los chicos salieron a trompicones del auto incluso antes de que el motor zumbara hasta detenerse. Uno a uno se pusieron en fila y golpearon las puertas de cristal de su lugar de encuentro secreto: el epicentro de la cultura y el entretenimiento en kilómetros a la redonda, un santuario para los marginados y un lugar de salvación de un fin de semana condenado al aburrimiento.

FAMILY VIDEO

En unos momentos, la silueta de alguien perfectamente peinado se acercó a la puerta y la abrió.

—¿Qué les he dicho, salvajes, sobre golpear las ventanas? —preguntó Steve, iluminando de pronto su rostro con una linterna.

Todos le ofrecieron la obligada disculpa antes de dejar de lado la cortesía y abrirse paso hacia el videoclub.

—¿Por qué todo está oscuro? ¿Las luces se apagaron así, sin más? —preguntó Nancy cuando cerraba el auto.

Steve sostuvo la puerta para que entrara ella.

—Literalmente *acaba* de suceder hace como cinco minutos. Robin y yo estábamos a punto de escapar.

—¿Y qué hay de la película de medianoche?

—Eso es lo que pasa con las videocaseteras, Nancy. No encienden cuando no hay luz. Una locura, ¿cierto?

—Alguien se levantó con el lado equivocado de la laca para el cabello hoy.

—*Alguien* ha estado reponiendo existencias, mientras *otro alguien* ha estado fingiendo que lo hace.

Se refería a Robin, que en ese momento estaba sentada en el mostrador de la recepción, con una linterna en una mano y un paquete de regaliz rojo en la otra. Saludó a Nancy con la mano cuando entró en el sombrío videoclub.

—Bienvenidos al videoclub... —dijo Robin con una voz escalofriante y profunda—. ¡EN EL FIN DEL MUNDO! —luego bajó la voz y añadió animada—: ¿Caramelos?

—¿Regaliz rojo? —preguntó Nancy.

—No pude abrir la máquina de palomitas —respondió Robin.

—No se abre cuando se corta la electricidad —dijo Steve—. No es una caja fuerte. Y esto no es una película de ladrones.

Dustin encendió una pequeña linterna que pendía de su llavero.

—Hablando de películas, ¿cuál es el plan para esta noche?

—¿*Cazafantasmas*? —preguntó Lucas, esperanzado.

—¡No! Otra vez no —dijo Max—. Yo quería saber si ya habían conseguido *El ojo del gato*?

—Una película de gatitos —dijo Erica despectivamente—. Esperaba algo para adultos. Ustedes prometieron algo para adultos.

—Lo siento —dijo Lucas al grupo—. Mamá y papá salieron del pueblo. Tuve que traerla... y en el camino se hicieron ciertas promesas.

Max rio.

—No es una película infantil sobre gatos. Es una antología de diferentes relatos de Stephen King. ¡Se supone que debe ser salvaje!

—Bueno, eso ya no importa ahora. ¿Recuerdan? No tenemos electricidad —les recordó Steve.

—Todavía podemos hacer lo de la historia de miedo —sugirió Mike—. Tal vez no sea del nivel de Stephen King, y Drew Barrymore no esté involucrada, pero aún podemos asustarnos. Además, ¿qué demonios vamos a hacer hasta que vuelva la luz?

—Podríamos limpiar —sugirió Robin. Un momento después, añadió—: Es broma, chicos. Demonios, un público difícil.

—Muy bien, hagámoslo: ¿alguien tiene una buena historia de miedo? —preguntó Steve.

Erica no podía creer lo que estaba escuchando.

—¿Ahora quieres que *nosotros* contemos historias de miedo? Vengo al videoclub para que me entretengan, no al revés —dijo.

—¿A qué le tienes más miedo, Erica? ¿A que contemos historias de miedo…? —preguntó Steve, apagando su linterna para un mayor efecto—. ¿O a que las contemos... *en la oscuridad*?

Silencio. Todos se miraron unos a otros durante un instante, casi temiendo emitir un sonido. Aunque nadie podía expresarlo con palabras, había algo *aterrador* —en un nivel profundamente humano— en decir lo que temías en voz alta cuando apenas había un rayo de luz. Era como si la oscuridad pudiera, de alguna manera, hacer *realidad* esos temores.

—Tengo una —dijo finalmente Nancy desde detrás de uno de los estantes—. He estado investigando Pennhurst últimamente, para un artículo que estoy escribiendo para el periódico, y las cosas que suceden allí les pondrá la piel de gallina.

Eso captó la atención de Robin.

—¿Pennhurst? ¿El lugar que está camino arriba?

—Oh, no es sólo un lugar camino arriba. Es un hospital para los criminales dementes. A unos cinco minutos más o menos de aquí. Ha existido durante décadas. Los reclusos más violentos de Hawkins, todos bajo un mismo techo.

—De acuerdo, ya cambié de opinión. Esto suena *genial* —dijo Erica tomando un poco de regaliz rojo, para después sentarse recargada contra las estanterías. Estaba lista para ser *adultamente* entretenida—. Aterrorízame.

Todos en el grupo se pusieron cómodos, mientras Nancy tenía la palabra. Tomó prestada la linterna de Dustin e iluminó su cara desde abajo para crear un efecto terrorífico.

—Lo que voy a contarles es ciento por ciento real. Consta en los archivos del condado. Ha sido documentado por periodistas serios e investigado por autoridades estatales y locales, pero sigue *sin resolverse*. Sucedió una noche, una noche justo como ésta, de 1969. Un paciente se quejó de oír...

UNA VOCECITA

¿Qué es lo que piensas cuando escuchas las palabras *Psiquiátrico Pennhurst*?

¿Un hogar para los criminales dementes?

¿Una oscura prisión para alguien como Jimmy Ray Cutts?

Después de que Cutts asesinó a siete personas inocentes, le dijo a la policía que no recordaba haber cometido los crímenes. Juró que alguien más —*algo* más—había *tomado* el control esa noche. Como todos los que se encontraban cerca, Christina había escuchado esas historias y, en su mayor parte, las había ignorado. No creía en fantasmas y demonios, pero sí en monstruos... sólo que no del tipo que se ven en las películas, con sus máscaras de hule. Los monstruos que ella veía eran simples seres humanos rotos que necesitaban de verdadera atención psiquiátrica. Ellos podían parecer tan normales como tus vecinos, tus compañeros del trabajo e incluso tu jefe.

Christina estaba rodeada de los llamados maniacos durante seis días a la semana: ése era su trabajo. Era una enfermera en formación. Algunas veces, cuando tomaba el autobús para ir al trabajo, escuchaba a los niños asustarse unos a otros sobre el psiquiátrico calle arriba, donde ella pasaba la mayor parte de su tiempo. "Los monstruos viven en Pennhurst", susurraban.

Bueno, ella sabía que gente como Ricky Dobbs también vivía allí.

Ricky era un chico de sólo diecinueve años. Guapo de una manera aniñada, con su sonrisa encantadora y su complexión atlética parecía uno de esos mariscales de campo que siempre estaban rodeados de reporteros en la televisión. Su risa era contagiosa y, como un niño, encontraba divertidas las cosas más simples, como que a alguien se le cayera su portapapeles, o la forma en que ciertas palabras, como *en un santiamén*, sonaban cuando alguien las pronunciaba lentamente.

En-un-saaan-tiaaaaa-mén, decía una y otra vez estirando cada vez más la palabra con cada repetición. *Eeeeen-uuuuun-saaaaan-tiaaaaaa-méeeeen*. Y a esto le seguía un ataque de risa.

Ricky no era un monstruo. Mantenía a buena distancia sus manos y nunca había intentado agarrar el cabello de Christina. Y no tenía que estar tan fuertemente medicado como algunos de los casos más extremos de su ala de atención. Eso significaba que podía hablar, a diferencia de los zombis. Así llamaba Christina al grupo *tranquilizado*: los que necesitaban un sedante para comportarse en el día a día del psiquiátrico.

Ricky no era un zombi y tampoco parecía loco. Tan sólo era inmaduro y tímido.

Y Christina lo sabía. Lo había estado observando durante seis meses ininterrumpidos, seis noches a la semana, como un reloj, en el turno nocturno.

Christina tenía veintidós años. Pennhurst era su primer trabajo después de haber salido de la facultad, y estaba decidida a hacerlo lo mejor posible. Sus responsabilidades incluían vigilar los pasillos por las noches. Debía revisar a cada paciente de su lista y asegurarse de que estuvieran debidamente atendidos. Palomeaba en su lista el nombre de cada paciente, luego esperaba dos horas antes de repetirlo todo, otra vez.

Enjuagar. Repetir.

Limpiar la sala de enfermería. Reponer medicamentos. Hacer la ronda nocturna.

Observar. Revisar. Escribir su informe. Revisar.

Mirar el reloj. Soñar con dormir hasta tarde el domingo por la mañana. Devorar a escondidas una barra de chocolate.

Caminar. Revisar. Nadie lastimado. Revisar. Ningún peligro. Revisar.

Ésta era la vida de Christina, hasta que terminara su periodo de prueba y se convirtiera en enfermera oficial de Pennhurst. Entonces obtendría un aumento, le asignarían su propio casillero y tendría el codiciado derecho a elegir sus horarios.

Una mañana, cuando los primeros rayos de sol atravesaban las nubes, el personal titular comenzó a aparecer en los pasillos en un mar de batas blancas. Era su hora de recibir la estafeta.

—Todos los pacientes están sanos, no falta nadie —dijo Christina a la jefa de enfermeras. Luego reunió sus cosas y se dirigió a la salida.

No sin antes detenerse para observar a Ricky Dobbs, una vez más.

Se asomó a través de los barrotes de su puerta, pero sólo vio una cama vacía. Sus ojos recorrieron la habitación, pero no encontró ningún rastro de Ricky. Estaba a punto de llamar a una de las enfermeras titulares, cuando escuchó una voz llorosa.

—Está bien, está bien, lo prometo. Lo haré...

La voz de Ricky.

Christina abrió lentamente la puerta.

—¡*Shhh!* —escuchó exclamar a Ricky mientras se levantaba de un salto, asustado.

Era alto y musculoso, pero actuaba como un niño pequeño al que hubieran descubierto haciendo algo que no debería. Christina vio que había estado en el rincón, contra la pared. Un lugar perfecto para esconderse y no ser visto desde la ventanilla para el personal, de cinco por cinco centímetros.

—Te levantaste temprano hoy —dijo Christina con tono amistoso.

—No tengo reloj —Ricky sonrió—. En realidad, no sé qué hora es.

—¿Estabas hablando con alguien hace un momento?

—¿Cuál es el problema aquí? —preguntó una bata blanca, irrumpiendo en la habitación. Era un médico, uno de los remilgados. Christina siempre olvidaba su nombre. Por suerte llevaba la identificación en su bata: SPEARS.

—¿Y por qué *tú* no estás amarrado? —observó el doctor Spears, empujando a Christina para entrar. Pidió apoyo y dos fornidos camilleros entraron, sujetaron al instante los brazos de Ricky y los fijaron con fuerza a sus costados. Ricky protestó un poco, mientras lo regresaban a la cama, que estaba atornillada a la pared.

—¡Ay, me están lastimando! —dijo Ricky.

—No, espere, no hay ningún problema, doctor Spears —dijo Christina—. Yo sólo estaba...

—¿Por qué este paciente no estaba inmovilizado? —el doctor Spears la interrumpió con tono acusador y luego le indicó a Christina que lo siguiera al pasillo.

Abatida, miró a Ricky, que intentaba defenderse del agarre de los camilleros. Esto era su culpa. Si ella hubiera seguido adelante, él no estaría forcejeando bajo el peso de un par de hombres de más de cien kilos. Ella solamente quería asegurarse de que él estaba bien.

—Dobbs no ha estado amarrado desde que entré a trabajar aquí —protestó—. Es un paciente de confianza que nunca ha causado ningún problema. Por favor...

—¿Así que no te dieron instrucciones especiales anoche?

—No, señor.

—Entonces, alguien más está en problemas. Porque dejé instrucciones explícitas para que el personal titular informara al equipo nocturno que, a partir de ahora, todos los pacientes deben estar inmovilizados por las noches. Sin importar su rango potencial de riesgo.

—¿Puedo preguntar por qué? ¿Pasó algo?

—Jimmy Ray Cutts.

Christina sintió un escalofrío a lo largo de su espalda.

—Ya pasaron cinco años desde su infame ola de asesinatos —continuó el doctor Spears—. Es un nefasto aniversario, una invitación a la locura. Hay caos en el aire, y esa anarquía será como el olor de la sangre para la voraz manada de inmundicia que guarecemos bajo este techo. Querrán impresionarlo. Tratarán de llamar su atención, de conmemorar sus malas acciones. Y no estoy dispuesto a permitirlo. Cutts estará bajo vigilancia las veinticuatro horas del día, en custodia protegida, durante las próximas semanas. La policía de Hawkins estará aquí para garantizar la paz. Te aconsejo que te mantengas alerta. Estas personas no son tus amigos, son nuestros pacientes. Y por su seguridad, y la tuya, espero que los mantengas inmovilizados a *todos* de ahora en adelante.

En un tono aún más grave, agregó:

—Las cosas van a ponerse muy interesantes por aquí.

La noche siguiente, Christina llegó al trabajo un poco más temprano que de costumbre. No había podido dormir, pues había estado preocupada por Ricky todo el día, especialmente después del alarmante discurso de Spears, que hizo que pareciera que Pennhurst estaba a punto de convertirse en una especie de zona de guerra. Casi esperaba que un oficial del Departamento de Policía de Hawkins la registrara cuando cruzó las puertas.

Pero todo estaba en silencio.

El guardia que solía recibirla no estaba en su escritorio. No había señales de camilleros ni de personal alguno en el pasillo principal. ¿Había olvidado alguna junta a la que debía presentarse? *Tal vez sea el cumpleaños de alguien*, pensó. *Quizás estén todos metidos en la sala de personal, atiborrándose de pastel y ponche.*

Podría ir por un poco, a Christina le gustaba el pastel tanto como a cualquiera. Habría sido fácil levantar el teléfono de servicio para confirmar que esta supuesta fiesta de cumpleaños era real, pero lo único que pasó por su mente en ese momento fue: *Guarda silencio.*

Ésta era su oportunidad de ver a Ricky antes de que comenzara el ajetreo y el bullicio de apagar las luces. Ni siquiera se detuvo a colgar su abrigo.

Fue directo a la celda de Ricky Dobbs.

Sus zapatos chirriaron en el piso de linóleo recién pulido, los ruidos eran más fuertes a medida que sus pasos se volvían más rápidos y más cortos. Pasó una celda y luego otra. La puerta de Ricky estaba a la vista.

Y desde aquí, ella podía ver... que estaba abierta.

—**¡¡¡AAAHHHHH!!!** —gritó un camillero mientras salía de la habitación corriendo, frenético. Sus pasos resonaron en el suelo. Su uniforme blanco estaba salpicado de sangre y su mano cubría su rostro. Dio unos cuantos pasos y cayó pesadamente al piso.

Una enfermera pronto apareció en el pasillo y corrió a su lado.

Sorprendida, Christina apenas pudo decir con voz ronca:

21

—¿Qué… está… pasando?

La otra enfermera estaba demasiado ocupada para responderle. Christina se adelantó para echar un buen vistazo a la habitación de Ricky.

Parecía la escena de un crimen.

Por un momento, el tiempo se detuvo. Christina no podía escuchar los gritos de la gente; sólo oía los atronadores latidos de su propio corazón.

Un hombre yacía en el suelo, rodeado de médicos y enfermeras. Desde donde estaba, Christina podía observar que estaba gravemente herido, pero no podía decir exactamente *cómo* se habían producido sus heridas. A juzgar por el charco de sangre, ciertamente estaba luchando por su vida. Algo de ese espantoso rojo también había salpicado la pared, como un escabroso proyecto de arte. Nadie parecía reparar en Christina. Todos estaban atrapados en un momento sin tiempo tratando de ayudar al hombre. Intentando salvarlo. Procurando no mostrarse aterrados ante su muerte inminente.

Los latidos de su corazón se normalizaron. Christina observó el calzado del hombre herido, zapatos inmaculados, tan blancos como el hueso. Cómodos tenis de camillero.

No estaba mirando la sangre de Ricky. El hombre herido estaba allí, tendido sobre su espalda. Su pecho había sido aplastado por el armazón de la cama de Ricky. Una ambulancia no cambiaría su futuro.

—Hola —escuchó que Ricky le decía, mientras el sonido del mundo real la asaltaba. El chico lo dijo con calma, como si se hubieran encontrando casualmente en Hawkins un sábado por la tarde.

Un policía lo estaba sujetando contra la pared.

Ricky Dobbs había matado a alguien.

Christina estaba segura de que había habido algún error. Ricky no podría haber hecho esto. Quería gritarlo desde los tejados a cualquiera que la escuchara, pero Spears y los otros miembros del personal titular la mantenían a ella y al resto del equipo de trabajo secuestrados en la sala de suministros, en tanto discutían los detalles con la policía. Christina ignoró el parloteo del personal y trató de escuchar la declaración de Spears.

Las partes que oyó al principio eran cosas que ya sabía.

—Ricky Dobbs fue ingresado aquí por episodios esquizo-frénicos —comenzó Spears—. Escuchaba voces... desde una edad muy temprana —y luego murmuró las siguientes palabras—: No tiene familia inmediata ni parientes cercanos —Spears quería que Ricky permaneciera "bajo su cuidado y supervisión directa". Ricky había estado mostrando "un gran progreso con un medicamento experimental", pero ahora estaba... *¿cómo dijo en esa última parte?*... "quejándose de escuchar voces de nuevo".

Corrección: escuchaba *una voz*, en singular.

Fue entonces cuando Christina recordó su última interacción con él durante el turno anterior: *sonaba como si hubiera estado hablando con alguien.*

¿Debía informarle de esto a la policía? Su corazón se ablandó cuando recordó cómo él había dicho *hola* como siempre. Como si no hubiera una escena horrible desarrollándose a su alrededor.

La historia oficial simplemente no tiene sentido, pensó Christina. Estaban haciendo parecer como si Ricky hubiera estado conspirando para aplastar al camillero. Como si hubiera aflojado deliberadamente la estructura de su cama durante algunas semanas y de alguna manera la hubiera ajustado *a la perfección* para que el percance no pareciera sospechoso.

Luego, supuestamente, le preguntó al camillero: "¿Mirarías debajo de mi cama? Creo que se cayó mi pastilla"...

Y cuando el camillero se asomó, Ricky supuestamente sacó la estructura de sus bisagras y la aplastó contra él. Repetidamente.

Ricky no podría haber hecho eso, pensó Christina. *Ni siquiera espanta las moscas en la sala común.*

Los otros miembros del personal comenzaron a murmurar tanto que Christina no podía concentrarse en escuchar la conversación que tenía lugar afuera. Sólo podía oír las voces a su alrededor, dentro de la habitación.

—Escuché un sonido, así que vine corriendo. Y entonces lo vi —dijo un conserje. La misma vieja historia.

—Él detestaba a ese hombre. Se llamaba Mick —intervino un viejo colega camillero—. Ese paciente quería vengarse de él por ser tan rudo.

—Lo escuché decir que alguien le había dicho que lo hiciera... pero ¿saben qué creo? Creo que fue una voz loca dentro de su cabeza la que se lo dijo —agregó un guardia de seguridad.

Todos tenemos esa vocecita, ¿no?, quiso decir Christina. *Esa vocecita que nos dice que caminemos a la izquierda cuando deberíamos caminar a la derecha. Que elijamos el atajo en lugar de seguir el camino que conocemos. O que presionemos ese botón que advierte claramente "No presionar". Todos hemos escuchado nuestra voz interior tratando de disuadirnos para que tomemos una mala decisión. Un pensamiento que te habla tan claramente como lo haría un amigo por teléfono.*

En ese momento, la vocecita de Christina estaba hablando.

Ella quería decir todo lo que pensaba a sus compañeros, pero no lo hizo. Su vocecita —conciencia... sentido común... maldición... como quieras llamarla— le advirtió que no lo hiciera.

Entonces Christina simplemente se sentó en silencio a esperar que iniciara su turno y así poder ver a Ricky. Para llegar al fondo del asunto.

Más tarde, en ese mismo turno, se convocó una junta de emergencia encabezada por Spears, por supuesto. El médico dijo a los empleados que la policía de Hawkins permitiría que Ricky permaneciera en Pennhurst, mientras comenzaban su investigación sobre el homicidio de Michael "Mick" Hogan, el joven camillero que había muerto cinco minutos después de que Christina lo viera bajo la cama de Ricky. Tal vez ella sólo lo estaba imaginando, pero Spears parecía casi contento de que esta cadena macabra de eventos se hubiera desarrollado. Casi como si esto validara su fatalista discurso del día previo.

En todo caso, le daba a Spears una excusa para mantener a todos los pacientes sedados, en un estado inducido por los medicamentos. Todo en nombre de "mantener la paz", por supuesto.

Ahora ella nunca obtendría una respuesta de Ricky. No después de unos pocos centímetros cúbicos de algún poderoso sedante.

Durante sus rondas de esa noche, Christina pasó por la habitación de Ricky, que ahora estaba sellada con esa cinta amarilla que se usaba para marcar las escenas de un crimen. Un hostil policía apostado afuera de la puerta se aseguraba de que ningún mirón pudiera colarse para perturbar la sangrienta escena del interior. Ella saludó cortésmente al oficial con un movimiento de cabeza y le preguntó dónde habían reubicado a Ricky.

—Al final del pasillo —respondió el policía.

Mientras Christina se dirigía hacia allí pudo escuchar la voz de Ricky. ¡Él estaba despierto! Ella pisó un poco más ligero, un poco más rápido. Podía escucharlo hablar en voz baja y áspera, pero no podía distinguir las palabras.

Se detuvo frente a las barras de vigilancia de su nueva puerta, justo a tiempo para escuchar una voz grave que decía:

—Mañana... lo atraparemos...

Sólo que la voz no sonaba como Ricky.

—Hola, chica nueva —dijo alguien. Christina se dio media vuelta y vio a Sophia, una amable enfermera mayor, que estaba dando la vuelta en la esquina con una jeringa en la mano.

—Hola, Sophia, noche loca, ¿eh? —dijo Christina.

—Nah —respondió Sophia con indiferencia—. Cuando ya has pasado tanto tiempo aquí como yo... En fin, ya lo verás, niña. El asesinato ni siquiera es la gran cosa. He visto disturbios, fugas...

—¿Fugas?

Christina apenas pudo ocultar su sorpresa... ¿o era emoción? Rodeada por esas barras blancas y grises, *escapar* parecía una idea muy romántica. Como algo sacado de una película.

—Oh, sí —respondió la enfermera Sophia—. Justo antes de que llegaras, un tipo hizo lo que Houdini y desapareció en medio del turno de día. Ni siquiera se llevó los zapatos. A Spears casi le dio un ataque ese día.

—¿Cómo es que no había oído hablar de ello?

—No es el tipo de cosas que nos gusta divulgar. No fue nuestro mejor momento. Mira, cariño, podría sentarme aquí y contarte historias de guerra toda la noche —dijo Sophia apoyándose contra la pared para frotarse un tobillo—. Pero con todas las idas y venidas estoy agotada. Necesito sentarme. ¿Te importaría administrarle el sedante a Ricky? Mis tobillos me están matando.

Sophia le entregó la jeringa.

—Por supuesto, ve a sentarte —respondió Christina, haciendo todo lo posible por ocultar su emoción.

—Gracias, cariño. Sólo lleva a uno de los chicos contigo. Toda precaución es poca —dijo Sophia sonriendo a uno de los musculosos camilleros que estaban cerca.

Y con un gesto de gratitud, Sophia abrió la puerta de la habitación de Ricky y dejó entrar a Christina. El camillero la siguió y montó guardia en la entrada.

—Holaaaa... —dijo Ricky, pero enseguida se apagó su voz. Era claro que estaba un poco conmocionado por la visión de otro camillero.

—Está bien, Ricky —añadió Christina ofreciéndole una sonrisa—. Estoy aquí para darte algo que te ayudará a dormir.

Ricky se cubrió la cabeza con las mantas, avergonzado.

—No era mi intención hacerlo, ¿sabes? No quería hacerle daño. No imaginé que lo lastimara tanto —dijo, con la voz temblando a través de las mantas.

—Lo sé, Ricky —dijo Christina—. Déjame ayudarte a tranquilizarte ahora. Sólo necesito tu brazo.

El brazo de Ricky surgió de debajo de la manta. Podía escucharlo sollozar mientras sostenía su mano y buscaba una vena. Por el rabillo del ojo pudo ver cómo el camillero que la acompañaba se alejó de repente de la puerta para hablar con otra enfermera.

Por fin estaba a solas con Ricky.

Ahora o nunca, dijo la vocecita de Christina. *Pregúntale. Algo. ¡Cualquier cosa!*

—Ricky, justo ahora, cuando estaba entrando, te escuché hablar, aunque no hay nadie más aquí. Y noté lo mismo esta mañana. ¿Lo recuerdas? ¿Cuando me viste, a mí y al doctor Spears, entrar con los muchachos?

—... Sip. Supongo...

—¿Con quién estabas hablando?

—Con nadie.

Christina preparó la inyección del tranquilizante, expulsando el aire del émbolo hasta que un pequeño chorro de solución salió por el ojo de la aguja.

Christina lo intentó de nuevo.

—¿Quizás estabas hablando... contigo mismo? Porque yo también hago eso a veces. Todos lo hacemos. Es algo normal.

Silencio. Lo pinchó con la aguja. Él no dijo ni pío.

—Está bien, sólo recuéstate, vas a sentirte un poco cansado y luego...

—*Buck* —soltó Ricky a través de la manta—. Él me dijo que lo llamara *Buck*.

—¿Es así como llamas a la vocecita en tu cabeza? ¿Le diste un nombre?

—Él no está en mi cabeza. Ya no. Está aquí, con nosotros.

Christina sintió que se le aceleraba el pulso. Algo en la convicción de su voz, el sonido que surgía de la masa sin rostro bajo las mantas... fue espeluznante. Eso no era como ella lo había imaginado. En absoluto.

Ricky siguió:

—Él está mucho más cerca de lo que piensas.

Christina se tensó, podía sentir como si la habitación se estuviera cerrando de manera abrupta sobre ella.

—Él suena diferente ahora, tan claro como tú y yo —dijo Ricky a través de la manta—. Me dice que haga cosas. *Cosas malas*. Nunca lo había escuchado así.

Paralizada por el miedo, Christina escuchó la historia de Ricky, mientras el resto del mundo parecía quedarse en silencio a su alrededor.

—Él está *enojaaaado*... y tú... no... quieres hacerlo... eno-

jaaaar... —su voz se volvió más lenta. El medicamento claramente estaba surtiendo efecto—. O él vendrá por ti... en un saaaaaantiaaaaamée...

La masa debajo de las mantas cayó de golpe otra vez sobre la cama; los resortes del colchón lo hicieron rebotar un poco. Ricky estaba profundamente dormido, y lo único que Christina pudo hacer fue sentarse allí y mirarlo hasta que regresó el camillero.

Los siguientes turnos transcurrieron sin incidentes. Fueron tranquilos, incluso.

Los pacientes dormían la mayor parte del día y la noche, y los policías de Hawkins apenas si se alejaban de la celda de Jimmy Ray Cutts, en el ala este de Pennhurst.

El pasillo principal, la "zona" de Christina, si se le podía llamar así, se sentía como un pueblo fantasma. Ésta era su oportunidad de investigar un poco.

Cada vez que Sophia y las otras enfermeras titulares salían para descansar y fumar cada hora, Christina se colaba en la oficina y hojeaba en secreto los registros de los pacientes. Comenzó como una búsqueda de información sobre el pasado de Ricky, pero esos documentos hacía mucho tiempo que ya no estaban ahí, y quizás habrían ido a parar al escritorio de algún oficial de Hawkins, junto a una dona a medio comer.

Pero una noche algo más llamó su atención y su imaginación.

Una carpeta roja con la etiqueta: EXCLUSIVO PARA PERSONAL ADMINISTRATIVO. MATERIAL SENSIBLE.

Por lo general habría cerrado el archivero y se habría marchado, pero una vocecita en su cabeza la incitó. Allí podría haber información sobre Ricky. O alguna porquería significativa sobre Spears, ¡hey, una chica puede permitirse soñar!

Tenía que saber qué secretos siniestros estaban dentro de la carpeta carmesí. La tomó y rápidamente repasó sus hojas. Era un informe sobre la fuga de un tal "Harland Buck". La misma fuga infame que Sophia había mencionado. Se leía como las páginas de una historia de terror.

Una cama vacía. Dos zapatos vacíos. Un hombre invisible. Se desvaneció en el aire.

Esto ayudaba a explicar por qué Spears estaba tan tenso. Había perdido a un paciente peligroso y no podía cometer otro error importante, sobre todo con Jimmy Ray Cutts en las instalaciones. Devolvió la carpeta y regresó a sus deberes.

Ésa fue la noche en que notó que Ricky estaba *muy interesado* en las paredes de su celda.

Unas noches después, una tormenta golpeó Hawkins. Derribó árboles e hizo un desastre en las carreteras. Fue tan

severa que gran parte del personal titular de Pennhurst se vio obligado a quedarse ahí y esperar a que la Madre Naturaleza les diera oportunidad de regresar, seguros, a sus hogares.

Esto significaba que el turno de noche y el turno de día del personal titular se superpondrían y recorrerían los pasillos al mismo tiempo. Christina temía pasar un minuto extra con Spears. Para un supuesto hombre cuerdo, él la preocupaba más de lo que los pacientes "locos" jamás podrían.

Mientras un trueno resonaba en la distancia, Christina marcó su ruta hacia la sala de médicos, donde esperaba encontrarse con Sophia, la única enfermera amigable en quince kilómetros a la redonda.

—Hola, vine a ayudar con el tranquilizante de Ricky —le dijo con una sonrisa.

—No esta noche, cariño —Sophia frunció el ceño—. El doctor Spears está varado aquí debido a la lluvia y quiere administrar él mismo todas las dosis de esta noche.

Christina se alejó sin decir palabra. Si no podía hablar con Ricky esta noche, al menos podría visitarlo para asegurarse de que estaba siendo tratado de manera digna. Como una *persona*.

Cuando dio vuelta en la esquina, en dirección a la celda de Ricky, escuchó la voz de Spears a lo lejos. Comenzó como un murmullo, que muy pronto se convirtió en un grito que resonó por los pasillos. ¿Estaba gritando por encima del rugido del trueno que vibraba a través de las paredes?

No, estaba gimiendo. Sonaba como...

—¡¡¡AYUDAAAAAAAA!!!

En ese momento, Christina vio a un grupo de camilleros y guardias que se apiñaban alrededor del pasillo, intentando derribar la puerta de la habitación de Ricky.

—¡*Ayuda*! —escuchó a Spears gritar desde el interior. Estaba atrincherado y algo claramente bloqueaba la puerta.

—¿Qué pasa? —preguntó Christina presa del pánico.

—¡Quédate atrás! —dijo uno de los guardias, antes de empujar su hombro contra una puerta que apenas se movió.

Christina no podía ver el interior, pero podía escuchar los aullidos de Spears entre el griterío de los camilleros.

—¡AYUDAAAAAA!

—Informen a la policía...

—¡AYUDAAAA!

—... ¡que tenemos un problema aquí!

Un camillero salió corriendo en busca de ayuda y Christina ocupó su lugar en la puerta. Se asomó a través de las barras de vigilancia para encontrar una tensa escena en el interior. Ricky se había quitado las ataduras de la cama y las había envuelto alrededor de la garganta de Spears. La cara de color rosa pálido del viejo médico estaba poniéndose morada.

Ricky seguía apretando más y más fuerte.

Pero no parecía disfrutarlo.

De hecho, se veía increíblemente afectado y las lágrimas corrían por sus mejillas. Christina no sabía lo que estaba pasando, pero intentaría razonar con él, si podía.

—¡Ricky, soy Christina! —gritó—. ¿Puedes dejar que el doctor Spears salga, por favor?

—¡No! —gritó Ricky, angustiado—. Esto es lo que Buck quiere.

Mientras Ricky continuaba mirándola a los ojos, Spears se las arregló para liberarse. Apartó a Ricky de un empujón el tiempo suficiente para devolver aire a sus pulmones y separar las correas de cuero de su cuello. Y entonces Christina vio al doctor hacer algo que ningún médico debería hacer.

En un ataque de ira, Spears conectó una patada en las costillas de Ricky, y lo dejó sin aliento. Luego lo pateó otra vez, y otra. Enseguida quitó la pesada estructura de la cama que estaba bloqueando la puerta. Los camilleros entraron corriendo. Uno atendió a Spears; el otro sujetaba a un lloroso Ricky y pedía otra dosis de sedante.

Christina estaba atónita. Se congeló cuando Spears pasó junto a ella frotándose la garganta. Resollaba mientras le ordenaba:

—Ve al control médico y dale a tu amigo su dosis.

Christina regresó con Sophia por una jeringa de reemplazo. Por fuera estaba fresca como una lechuga, pero por dentro echaba humo, furiosa. ¡Cómo se atrevía Spears, un profesional de la psicología, a violar su juramento y castigar así a un paciente! Ella sabía que el doctor tenía que defenderse, pero las patadas extra habían sido demasiado. Habían sido simplemente crueles.

No estaba segura de lo que iba a hacer, pero la vocecita en su cabeza exigía justicia para Ricky y sabía que la conseguiría de alguna manera. Incluso si eso significaba escribir una carta al Estado y arriesgar su empleo —y su futuro— en Pennhurst.

Caminó con paso pesado hacia la celda de Ricky. No se sabía lo que le depararía el mañana a Ricky, pero al menos tendría un buen descanso esta noche. Gracias a ella.

Antes de que entrara, un camillero le preguntó:

—¿Necesitas refuerzos allí para darle su dosis?

—No —respondió Christina—. Estaré bien.

—Es todo tuyo, pero yo estaré justo aquí en el pasillo.

Abrió la puerta y vio a Ricky adentro, bajo las mantas arrugadas. Ella había observado este comportamiento antes y estaba segura de que él estaba lidiando con la situación usando las mantas para ocultar sus emociones, como lo hace un niño cuando se sabe en aprietos. *O cuando está asustado*, pensó Christina.

Cerró la puerta detrás de ella.

—Ricky, ¿estás bien? —preguntó.

No hubo respuesta. Christina se sentó en la esquina de la cama. Podía ver sus muñecas asomando por debajo de la manta, las correas aseguradas. Lo intentó una vez más.

—Ricky, soy yo, Christina. Está bien estar asustado. Puedes hablar conmigo.

—No estoy asustado —dijo finalmente a través de la manta. Christina pensó que sonaba un poco diferente, pero ¿tal vez estaba fingiendo la voz?

—¿Te duele?

—Ya no.

¿Ya no? ¿Qué significaba eso?

—Se acerca mi hora y no hay nada que puedas hacer al respecto —gruñó la voz de Ricky.

—No digas eso —protestó Christina, al tiempo que retiraba la manta para ver el rostro pálido de Ricky, quien la veía fijamente, con la boca abierta. Ella lo miró a los ojos, pero no había nada allí. Ni siquiera parpadeaba. Sus labios estaban

poniéndose azules. Un hilo de sangre se había secado en la comisura de su boca. Ricky se había ido.

—Te lo dije —gimió la voz—. Te dije que ya es hora.

Pero la voz no procedía de Ricky.

Christina se levantó. Miró el cuerpo de Ricky, su rostro para siempre congelado en una mirada atormentada. Volvió a escuchar su voz:

—Sácame de aquí, niña —pero de nuevo, su boca no se movió. Él no estaba hablando, pero ella escuchaba su voz tan clara como el día.

¿Estaba volviéndose loca? ¿Ricky todavía estaba hablando con ella? ¿Pennhurst finalmente había corrompido su mente? ¿Christina se encontraría aquí algún día, amarrada y sedada a la hora de acostarse, con una pastilla en una mano y una vena llena de sedante en la otra? Dejó caer la jeringa y el líquido se esparció cuando se estrelló contra el suelo.

Ella se dio la vuelta para retirarse, pero volvió a escuchar la voz.

—Sácame de aquí... —susurró la vocecita.

Y fue entonces cuando lo vio: un pequeño agujero en la pared, en el mismo lugar donde Ricky ponía su oreja. La voz sonaba como si viniera *del interior de la pared*.

Christina contuvo la respiración y se inclinó para mirar por el agujero.

Un ojo parpadeó hacia ella.

Ella gritó y cayó de espaldas al suelo, pero permaneció concentrada en los ojos que la miraban. Ese familiar gemido áspero le habló una vez más:

—Sácame de aquí.

La pared alrededor del agujero comenzó a desmoronarse, como si la estuvieran arrancando desde dentro. Temblando de miedo, Christina vio cómo los escombros se disolvían hasta revelar el rostro de un hombre que usaba sus últimas fuerzas para arrancar un trozo de yeso. Él estaba enredado en las tuberías entre las paredes, como una marioneta atrapada en sus propios hilos.

—Sácame de aquí. *En un santiaaaamééeeeen.*

Christina lo observó muy demacrado, apenas era capaz de moverse. Estaba encaramado sobre las tuberías, como un andrajoso fantasma de carne y hueso, rodeado de insectos muertos de los que se había estado alimentando para mantener su sangre bombeando. Su rostro era un pálido revoltijo blanco de piel flácida y tejido cicatrizado alrededor de sus ojos negros. Vestía un raído uniforme de Pennhurst.

Pero no tenía zapatos.

El horror se extendió por su cerebro como una tormenta: *El hombre invisible que se fugó.*

El hombre de sus historias. *Dos zapatos vacíos. Un hombre invisible.*

El hombre que decían que había desaparecido.

Después de todo, no había escapado de Pennhurst. Se había colado al interior de la estructura y había quedado atrapado en la red de tuberías que recorría las entrañas del sanatorio. Estaba demasiado débil para moverse, pero no para hablar.

Y estaba hablando con Christina.

El hombre en la pared.

—Me llamo Buck —resolló su voz desde la pared.

Buck, se dio cuenta Christina. Éste era el Buck de Ricky.

Los niños estaban equivocados, pensó Christina. *Si tan sólo los monstruos vivieran en Pennhurst. Eso sería mucho más fácil de creer que lo que estoy presenciando ahora.*

—Le dije a ese chico que fuera a la luz, y así lo hizo —dijo Buck con una sonrisa, sus labios curvándose sobre los dientes podridos—. A él le gusta que le digan qué hacer. ¿A ti?

La mente de Christina seguía dando vueltas, llenando los espacios en blanco. Buck había estado hablando con Ricky a través de las paredes. Tenía que ser eso. Buck exigía cosas. Cosas horribles. Y Ricky las hacía.

Ricky no tenía más amigos aquí que ella. No tenía padres. No tenía a nadie más que a Buck. Un hombre que hablaba con él, que lo necesitaba. Precisaba que Ricky hiciera las cosas violentas que él no podía hacer a esas personas que lo habían encerrado.

Lo único que Buck necesitaba era una marioneta.

Y lo único que Ricky necesitaba era una vocecita que lo guiara.

El silencio se propagó por el lugar. Nancy se incorporó para terminar su historia.

—Christina pronto descubrió quién era realmente el hombre en la pared —dijo mientras apagaba la linterna. Allí, alargando el momento en la oscuridad, terminó—: Su nombre era Harland Buck, y se creía que había sido el primer paciente

en escapar con éxito de Pennhurst. Sin embargo, como todos sabemos ahora, eso no fue así. Él se había construido un hogar ahí. Vivió y murió en él. Su historia fue noticia nacional. Christina lo leyó todo desde la comodidad de la casa de su familia en Virginia, adonde se mudó después de desmayarse en el trabajo durante esa fatídica noche en el Psiquiátrico Pennhurst. Una noche que jamás podría olvidar. Ya no trabaja como enfermera. Pero siempre está escuchando. ¿Escucha su propia vocecita? ¿O la de alguien más?

¡*CRASH*!

El ruido repentino sacudió a todos en la tienda a la vez. Luego, un largo silencio.

—¿Qué demonios fue eso? —preguntó finalmente Robin.

—¡Demonios, algo me TOCÓ! —gritó Dustin.

—¡Henderson, cálmate! ¡Y quédate quieto! —dijo Steve, encendiendo su linterna. Una corriente de aire frío recorrió la tienda, erizando los vellos de sus nucas. El haz de luz de Steve brilló más allá de las caras en la tienda, como un reflector recorriendo los terrenos sombríos del patio de una prisión durante una fuga... hasta que por fin encontró a Dustin...

... parado frente a la ranura del BUZÓN DE DEVOLUCIONES...

... una pila de películas aptas PARA TODA LA FAMILIA a sus pies.

Steve recogió las películas y se las mostró a los demás.

—Sólo fue alguien que vino a regresar sus películas. Están todos bien, montón de miedosos.

—Yo no estaba asustado —reviró Mike.

—Yo tampoco —agregó Lucas.

Erica señaló a Dustin en la oscuridad.

—Fue ese rarito, justo ahí. Se asustó solo.

—Lo siento, chicos —dijo Dustin recuperando el aliento—. Últimamente he estado nervioso. No he dormido bien —tomó su minilinterna de manos de Nancy para asegurarse de que nada más se estuviera escondiendo en las sombras alrededor de sus pies—. Casi no he dormido.

—¿Ah, sí? ¿Te quedas hasta tarde platicando con Suzie en la radio? —preguntó Robin, bromeando con Dustin sobre su novia del campamento de verano.

—No, no es eso —negó Dustin—. He estado pasando por algo intenso en las últimas semanas. Algo que es difícil de explicar. Algo que me congela hasta los huesos.

—¡Oooooh, cuéntanos! —pidió Max, intrigado—. Siento que se acerca una historia aterradora.

Dustin se estremeció de sólo pensarlo. Pero tal vez, sólo tal vez, le ayudaría hablar con alguien al respecto. Incluso si ese alguien eran siete de sus amigos más cercanos.

Dustin enfocó el haz de la linterna debajo de su barbilla y se tragó su miedo.

—Lo que voy a decirles... —su voz se escuchaba cada vez más y más seria— no es para débiles cardiacos. Tal vez sólo estoy perdiendo la cabeza. O tal vez podría estar, en verdad, a merced de las fuerzas oscuras aquí. ¿De qué se trata? Es una tirada de dados. Por eso llamo a esto...

LANZAR UNO DE VEINTE LADOS

En primer lugar, para comprender verdaderamente las ramificaciones de lo que estoy a punto de contar, deben considerar las funciones del dado de veinte lados. La mitad de ustedes sabe de qué hablo, pero es posible que la otra mitad no. (No diré nombres, pero ustedes saben a quiénes me refiero. Ejem.)

No hablo ahora de los dados cuadrados con los que se juega Yahtzee. Ésas son cosas de niños. Lo máximo que puedes perder en juegos con dados cuadrados es un turno o tal vez algo de dinero falso de colores divertidos.

En Calabozos y Dragones —o cualquier otro juego de rol, para el caso— lo único que se interpone entre tú y una condena segura es un dado de icosaedro. ¿Hasta aquí, todos me siguen? Bien. Digamos que tu personaje en el juego tiene una cierta cantidad de puntos de ataque y de puntos de armadura y otras cosas mágicas asombrosas. Voy a omitir algunas explicaciones porque siento que algunos de ustedes están poniendo los ojos en blanco, a pesar de que es superimportante. El número que lanzas en el dado lo es todo. Una tirada alta podría ayudarte a vencer a un enemigo o curarte mágicamente durante la batalla. Una tirada baja es más o menos una sentencia de muerte, para ti y tu grupo.

El punto es: el dado de veinte lados determina tus posibilidades de supervivencia en cualquier escenario dado. **TU VIDA MISMA DEPENDE DEL NÚMERO QUE SAQUES EN ESA TIRADA.**

Y así, con este breve anuncio de servicio público en consideración...

Todo empezó hace unas semanas.

Me encontraba pedaleando mi bicicleta, al otro lado de la cantera donde solía estar ese lugar en el que vendían banderillas de salchicha. Era un día nublado, pero no estaba lloviendo, sólo una brisa fresca que parecía empujar mi bicicleta en dirección al este. Mencioné el lugar de las banderillas. Bueno, no fueron los únicos en establecer, para eventualmente cerrar, un comercio por ahí. Ningún negocio en ese lado de la cantera —el lado equivocado de la cantera— dura mucho.

A excepción de uno. Un local de magia llamado Estación de Prestidigitación.

Me había hecho amigo del dueño del lugar, un viejo italiano llamado Vivaldi. A pesar de que necesitaba desesperadamente el dinero para mantener el negocio operando, ese viejo lunático nunca parecía demasiado ansioso de venderte algo. No me malinterpreten: mantenía el lugar limpio y siempre te sentías bienvenido. Le encantaba subir el volumen de la música de órgano y entretener a los visitantes con juegos de manos o una serie de ilusiones rápidas y complacientes. Pero sus demostraciones mágicas se sentían genuinas, como si lo hiciera por amor al arte, y no sólo para quitarle su dinero a niños incautos.

—Y, *presto...* ¡es Dustin-o! —decía Vivaldi cada vez que yo entraba en la tienda, haciendo sonar esa campanita encima de la puerta.

—¿Qué tienes para mí hoy, Vivaldi? —le respondía, sabiendo perfectamente que me mostraría sus trucos y bromas más recientes, independientemente de si yo lo pedía. Y mientras sacaba unas esposas chinas para los dedos, o tintas que desaparecen para escribir mensajes secretos, mis ojos vagaban a la repisa superior de la vitrina que estaba entre nosotros.

Y allí estaba él, un tesoro digno de cualquier Amo del Calabozo: un antiguo dado de veinte lados. Ahora, éste no era un dado de plástico blanco ordinario. Este dado había sido tallado en jade verdadero, lo que lo hacía brillar con un hipnotizante tono verde. Se veía tan genial, con los números cuidadosamente cincelados en una caligrafía medieval de aspecto metálico. Como Bilbo tenía a Dardo y Luke tenía su sable de luz, yo debía tener ese dado. *El dado de veinte lados de mis sueños...*

Entonces puse un billete de veinte dólares sobre el estuche. Un veinte por mis veinte.

—Dustin-o, sabes que no puedo. Ya hemos hablado de esto —dice Vivaldi en ese tono de voz musical.

—Cuarenta, entonces —añado, dando una palmada a otro billete de veinte al pozo—. Son dos cheques de cumpleaños de mi tía abuela. Te estoy entregando los últimos dos años de las ganancias de mi vida por tu dado de veinte lados. Vamos, viejo, pensé que éramos amigos.

—¡Lo somos! Y precisamente por eso no puedo vendértelo. ¡Este dado que tanto quieres está maldito!

—Vamos, no me vengas con esos cuentos para niños. Confía en mí: he lidiado con cosas peores. No tengo la libertad para decirte exactamente qué, pero digamos que no tengo miedo de *enfrentarme* con lo paranormal. Ya tengo algo de experiencia.

—No le desearía este tipo de problemas ni siquiera a mi peor enemigo. Así que debo decir, otra vez, no. Y no significa no.

La campanita sonó detrás de mí. Vivaldi dirigió su atención a un grupo de niños pequeños que había acudido para ver algunas ilusiones y tal vez comprar chicles con truco. Vivaldi asintió y me dirigió un gesto de disculpa antes de atender a la multitud expectante.

Debería haberme ido.

Pero como el idiota que soy vi mis dedos escalar por la parte superior de la caja y... ¡Estaba abierta!

Como el David Copperfield de Hawkins, Vivaldi ya se encontraba en modo-entretenimiento. Estaba de espaldas a mí sacando una paloma de su chaleco, lo cual le granjeó algunos aplausos. Las ovaciones eran escasas, pero suficientes para ocultar mis sonidos al deslizar el dado de veinte lados y meterlo en mi bolsillo antes de que nadie pudiera notarlo. Mi corazón estaba acelerado. ¿En serio estaba haciendo esto? Los bordes puntiagudos del dado pincharon mi muslo y me hicieron volver a la realidad.

Más que apurado, me sentía un poco culpable y decidí hacer lo correcto. No podía robarle a Vivaldi, así que doblé los dos billetes de veinte dólares y los dejé cuidadosamente en la vitrina, donde solía estar el dado. Esperaba que lo entendiera. Si no, ahora era cuarenta dólares más rico, así que no se trataba de una pérdida total, ¿cierto?

—¡TIEMPO FUERA!

Dustin alejó la linterna de su propio rostro y atravesó el videoclub, hasta que finalmente la dirigió hacia Erica. Podía ver que ella estaba inclinada hacia delante con una mano encima de la otra en forma de T, el signo internacional de "tiempo fuera".

—No hay ninguna tienda de magia en la cantera —reclamó Erica con claro escepticismo—. Y yo puedo asegurarlo, pues estoy allí casi todos los jueves para lanzar fuegos artificiales.

—¿Es por eso que han estado desapareciendo mis cohetes? —preguntó Lucas sacudiendo la cabeza con incredulidad.

Erica levantó la mano.

—Ése no es el asunto que se discute ahora. El asunto es que Dustin está inventándolo todo.

—*Desearía* estar inventándolo —insistió Dustin—. Éste no es uno de esos lugares con un letrero gigante en el frente. Es discreto. Tienes que conocerlo para visitarlo. De hecho, no me sorprende que nunca hayas oído hablar de él.

—Lo buscaré la próxima semana, entonces... y ya veré si estás diciendo la verdad.

—Es posible que quieras pensarlo dos veces antes de comprar algo de ese lugar, sobre todo después de que hayas escuchado el resto de mi historia.

Esa noche, el Club Fuego Infernal, mi grupo de Calabozos y Dragones, celebró su sesión habitual, y yo estaba planeando que mi personaje tuviera una legendaria racha ganadora de proporciones épicas. Mataría cualquier cosa que tuviera más de dos ojos, sacaría a mi partida de cualquier calabozo y hechizaría el cielo y la tierra con mi nuevo amigo de jade en la palma de mi mano.

Se lo enseñé a mi grupo cuando nos sentamos a la mesa. La fanfarria llegó de inmediato.

—¡Henderson, sigue así! —dijo Doug, nuestro explorador metalero, haciendo la seña de los cuernos del diablo.

—¡¿Eso es jade verdadero?! —preguntó nuestro Amo del Calabozo echando un vistazo más de cerca, haciendo gala de sus habilidades como buscador—. ¿Dónde conseguiste una pieza tan valiosa como ésta?

—¡Es lo más genial que he visto! —añadió Vince, nuestro clérigo, con una sonrisa—. ¡Hermano, no podemos perder!

Sólo que no pude sacarle al dado nada por encima de un cuatro. La sesión fue una masacre total.

—Un mago oscuro ha conjurado Delirio sobre ti. El hechizo se extiende como una erupción desde tu cerebro hasta tu carne —anunció el Amo del Calabozo—. ¿Cómo vas a contrarrestar?

—Invocaré un Círculo mágico —dije, y luego saqué un dos. Lo que provocó los gemidos de reprobación de mi grupo en la mesa.

—Una manada de licántropos te ha visto —se burló el Amo del Calabozo.

—Me retiro y me sumerjo en las sombras —pienso en voz alta tirando el dado de jade. Deja de rodar en el número uno.

—Los licántropos ya están sobre ti. Sus despiadadas mandíbulas están emponzoñadas con veneno mortal.

—Hijo de pe...

Para sumarle insulto a la injuria (o, seamos sinceros, múltiples lesiones), mi personaje había perdido todas las armas, un poco de sangre y cualquier habilidad curativa mágica que tuviera. Lo único que me quedaba era ese dado de veinte lados. Bien podría haber roto la hoja de mi personaje y empezar de cero.

—Hey, Dusty-Poo —escuché decir a un sabelotodo, imitando a Suzie—. ¿Por qué no les arrojas tu elegante dado de jade a los lobos? Tal vez sientan pena por nosotros y sólo devoren tus entrañas, y nos dejen en paz al resto.

Ellos se rieron y yo lloré. Por dentro.

Me quedé allí sentado, indefenso, mientras los licántropos devoraban mis entrañas.

El regreso a casa esa noche fue el viaje en bicicleta más largo de mi vida. Seguí repitiendo cada horrible tirada una y otra vez en mi cabeza. Esos números de caligrafía medieval, los que había pensado que eran geniales en la tienda, ahora parecía que estaban burlándose de mí con esos 2 y esos 4 y ese horrible 1 del fin del mundo.

Tal vez Vivaldi tenía razón; tal vez este miserable dado de jade de veinte lados sí estaba maldito. Temía tener que enfrentarlo de nuevo después de haber actuado a sus espaldas, pero ¿qué opción tenía? Debía devolver el dado a su propietario legítimo antes de que mi reputación en Calabozos y Dragones se arruinara para siempre. Mi mente estaba decidida. Dormiría esa noche con la desastrosa pérdida del día e iría a la tienda de Vivaldi justo después de la escuela. Me disculparía, devolvería el dado y tal vez incluso recuperaría mis cuarenta dólares. Todo saldría bien. De algún modo...

Para despejar mi mente traté de ver un poco de *Robotech* antes de acostarme, pero no podía concentrarme. No importaba en qué posición estuviera, no podía ponerme cómodo. Tenía calor, luego frío. Luego calor otra vez. El sudor me corría por la nuca. Mi mente divagaba. Sentí el dado contra mi pierna, aunque estaba en mi mochila, que estaba al otro lado de la habitación. ¿Sería verdad la leyenda del Dado Fantasma?

Tenía que ser así, porque me estaba persiguiendo de una manera muy real.

Comenzó como un ligero cosquilleo, luego asomó su fea cabeza: una Comezón infernal.

Alrededor del lugar del Dado Fantasma en mi pierna, justo donde había escondido el dado de veinte lados en mi bolsillo esa tarde, una comezón enloquecida ardía ahora como un reguero de pólvora. Cuanto más me rascaba, más se extendía por mi piel. En cuestión de minutos, el sarpullido pareció moverse hacia arriba de mi cuerpo y hacia abajo, a lo largo de mi brazo. Pensé en ponerme un poco de loción de calamina, pero mamá dijo que la había tirado toda porque ya se había vencido su fecha de caducidad. Esa botella rosa ha estado en nuestro baño desde siempre, y ese día, de entre todos los posibles, mamá había decidido tirarla.

¿Coincidencia? No lo creo.

¿Conspiración? Improbable.

¿Una maldición? *Bueno...*

La sensación agravante de la Comezón infernal me mantuvo despierto. Mientras veía pasar las horas me sacudí y me arañé toda la noche como un perro callejero con pulgas. Me senté y miré mi brazo a la luz de la luna. ¡Tenía urticaria! Gruesas protuberancias blancas como pequeños huevos alienígenas en todo mi antebrazo. ¿Había pasado rozando contra un roble venenoso en mi paseo en bicicleta y simplemente lo había bloqueado de mi memoria?

Se lo mostré a mamá y se asustó muchísimo. Olvídate de Vivaldi, ni siquiera me dejaría ir a la escuela hasta después de ver al médico. Podría haber sido mi imaginación, pero el área alrededor de las ronchas se veía verde.

Casi como un tono verde *jade*.

—Ojalá pudiera lanzar un hechizo de curación en la vida real —me dije. Sin que nadie más me escuchara. Las cosas estaban sombrías. Estaba hablando conmigo en un espejo y ni siquiera me había detenido la vergüenza.

A la mañana siguiente, mientras mamá salía a comprar más productos contra la comezón en la farmacia, vi mi ventana de oportunidad. Si iba a sacar de mi vida este dado —tal vez contaminado, tal vez maldito— tenía que ser ahora. Me puse una venda sobre el sarpullido y conduje mi bicicleta bajo un cielo gris hasta el otro lado de la cantera. Comer banderillas ni siquiera me pasó por la cabeza. No aquella vez. No mientras ese dado todavía se me estuviera clavando en el muslo, como una pequeña pelota cubierta de puñales.

Cuando el camino bajo mis ruedas se convirtió en grava, comencé a escuchar ruidos. Discretos al principio, pero cada vez más fuertes y más frecuentes, como el *tip-tap* de la lluvia sonando en las rocas momentos antes de caer un torrente. Levanté la mirada. No había lluvia, ni una sola gota, pero el sonido persistía. Algo estaba perturbando los senderos de la cantera.

Algo grande.

Algo peludo.

¡Me giré para ver una forma borrosa que chasqueaba sus mandíbulas hacia mí! Casi arrebató un trozo del asiento de mi bicicleta. Pedaleé más rápido, gritando. Pero no importaba qué tan rápido fuera, esa cosa me marcaba el ritmo. La mancha difusa ladraba como un perro, pero éste no era un perro ordinario. Era tan alto como los neumáticos de mi bicicleta, posiblemente más. Dos esferas de color azul cristalino a modo de ojos brillaban contra su enmarañado pelaje negro. Un espumoso escupitajo blanco amarillento burbujeaba en sus fauces.

La mancha difusa gruñó y se abalanzó una vez más.

—¡Largo! —grité, pero fue inútil. La bestia sólo se puso más agresiva—. ¡Púdrete, maldito remedo de Cujo!

Más adelante pude ver el exterior de la Estación de Prestidigitación. La seguridad de la tienda de Vivaldi estaba a unos minutos de distancia. Lo único que debía hacer era seguir pedaleando.

La bicicleta derrapó hasta que logré detenerme y salté entonces. Corrí a la puerta esperando escuchar el familiar sonido del timbre.

Pero no se oiría tal sonido.

La puerta de la Estación de Prestidigitación no se movió. Un cartel de Cerrado colgaba detrás del cristal por primera vez en lo que parecían años. Iba acompañado de una notita de Vivaldi que decía: *Emergencia familiar. Vuelve mañana. Disculpas por las molestias.*

Escuché el gruñido de la mancha difusa detrás de mí. No quería darme la vuelta. No tenía que hacerlo: podía ver su reflejo en la ventana de la tienda mientras se abalanzaba hacia mí, mostrando sus colmillos. Gruñía. Lanzaba mordiscos. Era apropiado que hubiera elegido una tienda de magia para desaparecer de este planeta.

Cuando me giré...

¡LA BESTIA SALTÓ HACIA MÍ!

—¡¿Mmm, qué?! —interrumpió Lucas.

—Dustin —dijo Mike—. Has estado jugando a Calabozos y Dragones más tiempo que cualquiera de nosotros, y la primera vez que te encuentras con un licántropo *real*, ¿te olvidas por completo de que puedes derrotarlo con algo de *plata*? Literalmente, tintineas por los pasillos con todas esas monedas que traes en los bolsillos...

—¡Hey! Ya les dije, ésas son para *Dragon's Lair*. ¡Ya saben lo caro que es ese juego! —explicó Dustin.

—¡Exactamente! —exclamó Mike—. ¿Por qué no arrojar toda esa plata a la bestia?

—¿Y perder los once dólares que tengo en monedas? ¿Quién dice locuras ahora, Mike? Además, le lancé mi bicicleta. Eso tiene plata en los rayos... ¿Creo?

—¡Noticias de última hora, idiotas! —intervino Robin—. Las monedas se hacen de cobre ahora. Estoy bastante segura de haber leído eso en alguna parte.

Cuando la pandilla comenzó a debatir el contenido de plata de las monedas y si la vieja bicicleta de diez velocidades de Dustin era suficiente o no para vencer a la bestia, él rápidamente hizo callar la sala una vez más:

—¡Gente, por favor! ¡Escuchen! Estaba en medio de una historia. Ahora, como estaba diciendo...

Fui derribado. Cerré los ojos y me preparé para el dolor inimaginable de sus mandíbulas desgarrando mi carne. Mi brazo

se elevó instintivamente, el que tenía el vendaje alrededor, y la bestia retrocedió. Me tomó un momento en la cerrada oscuridad aceptar el hecho de que todavía estaba vivo. Y *entero*. Lentamente abrí los ojos para ver a la bestia tal cual era: una abominación parte animal, parte demonio. Parches de pelaje, como una cáscara peluda, cubrían la viscosa parte inferior de una bestia que andaba a cuatro patas, imitando a un lobo. Retrocedió despacio, sus patas traseras se doblaron de forma antinatural. Y, sin embargo, nunca apartó sus ojos brillantes de mí.

Como si se hubiera encontrado con una fuerza de la naturaleza mayor que él mismo.

Ahora, no estoy diciendo que esa fuerza era yo. No soy un Señor de las Bestias.

Digo que estaba reaccionando a la erupción en mi brazo, que ahora estaba expuesta, ya que el vendaje se había caído en la refriega. La bestia se encogió ante la Comezón infernal como si fuera una *cosa* enferma con la que no quisiera tener nada que ver.

No podía creer lo que veía.

El dado me pinchó de nuevo. Y ahora que vi que no estaba a punto de enfrentarme a una muerte segura, me permití enojarme.

—Me han picado, arañado, humillado, perseguido y casi mordido. Me niego a dejar que esta cosa vuelva a pincharme —dije hurgando en mi bolsillo arrugado en busca del dado de veinte cantos que guardaba dentro.

Cuando saqué la pieza de jade, la bestia gimió.

—¡Al demonio! ¡Ustedes dos! —grité lanzando el dado.

La bestia se alejó como si estuviera arrojando una bomba con la mecha encendida. Volvió a su forma borrosa a lo lejos y luego desapareció por completo en la línea de árboles más allá.

Fue entonces cuando me di cuenta de que... el dado seguía girando.

—¿Qué demonios? —me pregunté.

Me puse de pie y caminé lentamente... *con cautela*... hacia el dado de jade de veinte lados, mientras éste zumbaba hasta detenerse entre las rocas negras y grises de la cantera de Hawkins.

Al tirarlo acababa de sacar un tres sin darme cuenta. Los dados se comportaban como si todavía estuviera jugando.

Las palabras de Vivaldi resonaron en mi cabeza: "... está maldito... No le desearía este tipo de problemas ni siquiera a mi peor enemigo".

Una parte de mí pensaba que el anciano estaba fanfarroneando un poco al hablar de la imitación barata de jade para agregar algo de misticismo al asunto. Pero no había encontrado más que problemas desde que robé el dado. Tal vez este objeto en verdad cargaba alguna malvada maldición destructora de vidas...

—El viejo hombre sólo estaba tratando de salvarme la vida —me di cuenta demasiado tarde.

Y entonces, los pasos en falso del día previo volvieron a mi memoria. Había puesto el destino de mi personaje —*mi* destino— en la tirada de esta cosa maldita. Había tomado mi vida en la palma de mis manos, y este dado no me había traído más que verdadero terror a cambio.

"Delirio...", recordé que había dicho el Amo del Calabozo. "Se extiende como una erupción."

Miré las ronchas muy reales en mi brazo. Una erupción que se extendía.

"Los licántropos ya están sobre ti", había dicho también el Amo del Calabozo, momentos antes de que los lobos persiguieran a mi personaje hasta una cueva oscura.

Las visiones de la mancha borrosa me golpearon. La bestia. ¡Un licántropo me había perseguido!

Pero esto no era un juego de mesa. Esto era la vida real.

¡Estaba viviendo todos mis movimientos en Calabozos y Dragones! Estaba condenado.

—Oh, demonios —dije dándome cuenta de que había tirado el dado de nuevo. ¿Qué criatura ominosa vendría por mí a continuación?

El cielo se oscureció de repente. Las nubes se transformaron en una enorme mancha negra sobre mí.

Corrí a casa como si mi vida dependiera de ello. Porque así era. Corrí a casa, dejando atrás el dado de veinte lados. Y mi bicicleta. Salí presa del pánico cuando escuché el comienzo de los chillidos.

Corrí a casa sintiéndome rodeado por macabras siluetas que chillaban como almas en pena sobre mis hombros. Eran sombras que de algún modo se habían vuelto sólidas, seres vivos con rostros, manos y garras. Éste era el resultado de mi tirada en la cantera; éste era el nuevo infierno que accidentalmente había invocado sobre mí.

Una horda de espectros.

El mal encarnado.

Sus espíritus oscuros me rodearon haciéndome sentir claustrofobia, como si el aire me estuviera sofocando. Aire lo

suficientemente espeso para asfixiarme, lo suficientemente espeso para detener mi corazón.

Allí, en el vacío más adelante, pude ver mi casa, con las luces encendidas en el camino de entrada. El auto de mamá estaba allí, lo que significaba alivio, porque la Comezón sin duda esperaba dentro, junto con nuevas soluciones tópicas y pastillas. Pero nada de venta libre iba a detener a los espectros que seguían rodeándome. Hice todo lo posible para correr un poco más rápido, pero mis pies estaban cansados. Parecían arrastrarse. Sentí que apenas podía levantar las piernas, como si estuviera corriendo en arenas movedizas en lugar de concreto.

Cada paso se hacía más pesado. Y más pesado. Y más pesado.

—¿Qué *está pasandooooo*? —me las arreglo para decir, las palabras se estiran como si estuviera hablando en cámara lenta.

Mi mano alcanza la puerta, está justo ahí, pero yo sólo... no puedo... tocarla... por alguna razón.

Vuelvo a sentir el pinchazo en mi muslo.

Y busco en mi bolsillo, y mi corazón sube volando hasta mi garganta. El dado de jade de veinte lados no está en el estacionamiento de Vivaldi. Está en la palma de mi mano. Nunca me dejó.

Todavía no había terminado conmigo.

Veo a mamá, y ella me mira por última vez. Ella grita aterrorizada.

Me acerco a ella, pero un rostro oscuro se precipita a través de la puerta como un gigante y me traga por completo.

Y es entonces cuando despierto.

—¡Buuuuu! —Dustin pudo escuchar a Steve, mientras le dedicaba un gran y demasiado entusiasta pulgar hacia abajo, como se lo dedicarías a un equipo perdedor en un partido de basquetbol—. ¿Un final tan poco original de *"todo fue un sueño"*? Honestamente, esperaba algo mejor de ti, Henderson.

—Freddy Krueger llamó... quiere recuperar su final —agregó Robin.

—¡Se los dije! —insistió Erica, sintiéndose realizada—. Lo inventó todo.

El grupo se turnó para burlarse de Dustin hasta que éste se puso de pie y comenzó a hurgar en su bolsillo.

—¿Acaso inventé *esto*, idiotas?

Lenta y cautelosamente, Dustin extendió algo en su mano. Apuntó con la linterna su palma para que todos lo vieran.

Ahí estaba: el dado de jade.

Esto no era una ilusión. El objeto de veinte lados estaba realmente allí, justo ante sus ojos. Era tal como Dustin lo había descrito. Él miró a su alrededor y, con voz grave, añadió:

—Cuando desperté esta mañana, encontré esto debajo de mi almohada.

Erica se escabulló lejos del grupo para recorrer el área más prohibida de la tienda. Sus padres ni siquiera le permitían echar un vistazo al pasillo de HORROR, y mucho menos explorarlo. Pero ahora ellos no estaban allí.

Sacó una linterna de bolsillo de su cangurera y, como un niño en una tienda de golosinas, comenzó a sacar pilas de las cintas de aspecto más aterrador de las estanterías, deteniéndose de vez en cuando para inspeccionar con cuidado las asquerosas ilustraciones de cada caja. Deseando, esperando, ver los horrores cinematográficos en su interior.

—*El despertar del diablo... Juegos diabólicos... ¿Viernes trece?* —ella leyó en voz alta mientras su determinación comenzaba a flaquear—. Esperen. Chicos, ¿tienen un generador?

—¿Estás bromeando? —preguntó Steve—. Los jefes son demasiado tacaños para eso.

—Maldita sea. Sin palomitas de maíz, sin películas, sin electricidad. Este lugar apesta.

Robin le arrojó unas cuantas tiras de regaliz rojo.

—Hay lugares peores en los que podrías estar durante un apagón. Confía en mí.

—¿Cómo dónde?

Robin miró a Steve, como si esto convocara un tema tabú entre ellos. Compartieron una mirada de complicidad, hasta que Robin finalmente dijo:

—Bueno, ya que *estamos* contando historias de miedo.

—Otra vez no... —protestó Steve.

—Puedes ayudarme a contarlo.

—¿Hola? —intervino Lucas—. ¿Contar qué?

—No qué, *dónde* —lo corrigió Robin.

Steve se unió a Robin. Ella inclinó la linterna y el brillo iluminó su rostro. Él hizo una pausa para comprobar que sus amigos estaban escuchando. Sacudió su cabello para asegurarse de que se veía bien, y entonces comenzó a hablar:

—Tal vez algunos de ustedes ya conozcan esta historia. La mayoría probablemente no. Pero todos ustedes conocen el lugar.

—Estamos hablando de...

EL LAGO DE LOS ENAMORADOS

Hoy es considerado como el lugar número uno entre los adolescentes para besuquearse en Hawkins.

Pero retrocedan el reloj diez años y se darán cuenta de que el Lago de los Enamorados no era el escenario para una historia de amor. En realidad fue el telón de fondo de una historia aterradora. El tipo de historia espeluznante que los niños se contarían en susurros en las pijamadas durante los años venideros. Y dice así...

Fin de semana del Día del Trabajo de 1975. El cabello se usa más largo, el aire más limpio y el camino abierto de par en par. Un T-Bird viene rugiendo por la carretera dejando un rastro de pequeños sombreros de papel volando detrás. Las personas en el auto arrojaban esos sombreros como si se estuvieran graduando, porque de alguna manera así era. Habían pasado los últimos nueve meses en el Psiquiátrico Pennhurst obteniendo créditos escolares, y después de este fin de semana, sus vidas se pondrían realmente en marcha. Era un momento feliz.

Brody, el macho rubio detrás del volante, había aceptado una residencia en otro hospital psiquiátrico fuera del estado. Al igual que su amigo, Matt, que estaba ansioso por ligar con una de sus compañeras de prácticas antes de abandonar la ciudad. Ambos tenían planes para Julie, la única chica de la que todos los empleados de Pennhurst estaban enamorados. Era tan brillante como hermosa, lo que significaba que ninguno de los dos tenía ninguna posibilidad. Y luego, estaba Claire. Nadie se mostraba interesado en ella de esa manera, pero Claire estaba perfectamente bien con eso. Brody, Matt y Claire eran amigos de trabajo, no amigos-amigos. Y, francamente, ella no quería tener nada que ver con ninguno de los dos después de ese fin de semana. Estaban juntos sólo para el viaje. Claire no tenía familia ni vínculos locales en Hawkins. Tenía la opción de hacer residencias en unas cuantas clínicas a lo largo del país —todas ellas, oportunidades tan emocionantes que harían babear a cualquier estudiante de psicología—, pero en ese momento no quería pensar en nada de eso. No cuando había cerveza para beber y un lago fresco donde nadar.

Claire dejó que su mente divagara durante el viaje, ignorando la conversación para dejar que el camino debajo de las ruedas la sumiera en un estado de serenidad. En poco tiempo, el camino se convirtió en arena y el motor del T-Bird se quedó en silencio. Habían llegado. Y lo mejor: estaban a punto de descubrir que tenían el Lago de los Enamorados para ellos solos.

—Vaya, ¿cuántas posibilidades teníamos de encontrarnos algo así? —preguntó Brody al grupo—. Pensé que deberíamos pelear a puñetazos con los pueblerinos por el estacionamiento. Así es como se comienza con el pie derecho un fin de semana de ensueño.

Matt chocó el puño con él.

—¡Maldita sea, vaya que sí!

Mientras Julie se escabullía del asiento trasero del T-Bird, los chicos estaban demasiado ocupados mirando sus piernas como para notar la siguiente cosa extraña sobre su nuevo entorno de fin de semana: no había casas cerca. Claire había registrado esta pequeña rareza desde que habían tomado las inusualmente tranquilas carreteras secundarias que llevaban a este lugar.

Si algo nos pasa, no hay nadie en kilómetros alrededor para ayudarnos, pensó. *Estamos solos aquí.*

Claire se estremeció.

Tal vez los otros le pidieron que los ayudara a descargar las hieleras de la cajuela, pero si lo hicieron, no los escuchó. Su atención estaba fija en otro detalle extraño sobre el Lago de los Enamorados.

Allí, balanceándose suavemente en medio del lago, había una vieja lancha de madera. Flotaba, haciendo círculos, con sus remos aún dentro del agua.

No había nadie en ella.

Como si quienquiera que hubiera estado remando tan sólo hubiera desaparecido. *¡Puf!*

—¡Adorable! ¡Lancha gratis! —dijo Matt, y se quitó las sandalias dirigiéndose al agua.

Su reacción desconcertó a Claire.

—¿No crees que eso es un poco extraño?

—No en realidad. Las lanchas son cosas que flotan en el agua, ¿cierto?

—Sabes a qué me refiero...

—Estoy segura de que los niños del lugar la dejaron aquí —dijo Julie tratando de mantener un tono ligero—. Es como una balsa a donde podemos acudir cuando necesitamos un lugar para descansar después de nadar.

—O después de bañarse desnudo —bromeó Brody.

—Espera.

—¿Qué? —preguntó Steve con una sonrisa que decía mucho. Él sabía exactamente qué.

—Nadie se baña desnudo en el lago —decretó Robin. Ella asintió con la cabeza a través del mostrador hacia la pequeña Erica para darle una pista a Steve sobre su línea de pensamiento—. Mantengamos esta historia en su versión *familiar*. *Nafadafa-defe-defesnufudofos.*

—Ya he pasado por esto: tomé francés en la escuela secundaria, no latín.

Dustin resopló.

—Está hablando en lenguaje de la efe, idiota.

—Sí, tampoco tomé ese curso —dijo Steve, sin entender el punto.

Robin le quitó la linterna y dio un paso adelante.

—¿Saben qué? Definitivamente todo el mundo se mantiene vestido en el Lago de los Enamorados. Punto.

Luego, considerando las caras de confusión de todos en el grupo, agregó:

—No completamente vestidos, eso sí. No es como si fueran a saltar al agua usando todo lo que llevaban puesto. Eso habría sido una locura. Lo que quiero decir que todos están usando un apropiado traje de baño. Están teniendo una saludable y divertida tarde apta para todo público.

Steve sólo miró fijamente al frente por un momento, como si tuviera el cerebro congelado.

—Genial, ahora lo único que puedo imaginar es a un grupo de nerds vistiendo abrigos con capucha y practicando el nado de dorso. Hiciste que me perdiera. ¿En qué iba...?

—Eres un auténtico Mark Twain, Steve. ¿Sabes qué? Deja que yo me encargue a partir de este punto —anunció Robin—. Los llevaré de regreso al Lago de los Enamorados para contarles lo que *en verdad* sucedió.

Brody y Matt corrieron directamente hasta que estaban sumergidos casi hasta el cuello, flotando en el agua. Los chicos vitorearon y gritaron tratando de restar importancia a lo fría que estaba el agua del lago, pero Claire lo sabía. A pesar de que el sol había caído sobre él todos los días durante los últimos noventa días seguidos, la temperatura del Lago de los Enamorados no superaba los diez grados. El agua de Hawkins era un poco rara a ese respecto. Era como si el invierno viviera bajo la superficie para mantener fría a la gente del pueblo, incluso durante el verano.

Y la noche ya estaba cayendo. El poco calor que llegaba del sol desaparecería en cuestión de segundos.

—¿Vienes? —le preguntó Julie.

—Creo que me quedaré aquí, tal vez encienda un fuego para todos —respondió Claire.

—No me dejes sola con esos dos. Necesito refuerzos.

Claire miró por encima del hombro de Julie y vio a los chicos agitando los brazos, riendo y gritando como idiotas.

En contra de su buen juicio, Claire decidió liberarse un poco y ser una "chica de chicas" para variar. Se descalzó y siguió a Julie, deslizándose por la orilla del agua con una suave zambullida. La conmoción la golpeó casi de inmediato. Su cuerpo se puso rígido como una tabla al contacto con el agua helada. Empezó a patalear y a mover los brazos, haciendo todo lo posible por entrar en calor. Sus viejos instintos de nadadora se activaron.

Es justo igual que andar en bicicleta, reflexionó. *Debajo del agua*.

Antes de Pennhurst, antes de Hawkins, había sido nadadora de competencias escolares. Ella sabía que el cuerpo te jugaba malas pasadas a bajas temperaturas. Pateabas y pateabas, pero sin importar qué tan en buena forma estuvieras, el frío hacía el agua lo suficientemente espesa para reducir tu velocidad. Tú te esforzarías, emplearías más energía, apenas conseguirías moverte y te cansarías. Para ese momento, ya sería demasiado tarde.

Claire nadó con ahínco y salió disparada hacia la superficie. Sacó la cabeza del agua y aspiró una gran bocanada de aire para llevarla a sus pulmones.

Podía escuchar a los demás a lo lejos, animándola.

—¡Así se hace, Claire! ¡Eso!

Tal vez fue la corriente, o tal vez la necesidad natural del cuerpo de descansar, pero de pronto todo el grupo se sincronizó como una manada de delfines moviéndose hacia un destino compartido.

La lancha en medio del lago.

A pesar de haber comenzado detrás de ellos, Claire rápidamente se adelantó a la manada y se abrió paso entre sus torpes chapoteos como un tiburón. Cobró impulso y retomó su antiguo ritmo de nadadora.

Brazo izquierdo, cambio. *Inhala*.

Brazo derecho, cambio. *Exhala*.

Siempre pateando. Sin parar.

Por lo general, cuando un nadador entra en un ritmo como ése, se pondrá unas anteojeras para desconectarse del resto del mundo y enfocarse en nada más que la línea de meta. Pero la visión de túnel de Claire se estaba ampliando lentamente, la hacía consciente del agua a su alrededor. Podría haber sido un truco de la vista, pero sentía una forma cerca de ella cada vez que giraba la cara. Al principio, pensó que sólo se trataba de una rama sobre el agua. O tal vez sería un remo.

Pero esta rama se movía.

Se deslizaba.

Claire trató de ignorarla, pero la forma parecía estar paseando entre ellos, parecía estar acercándose.

¿Una serpiente, tal vez?

Lo último que quería era asustar a los otros, pero la noche había oscurecido el lago y las aterradoras posibilidades de lo desconocido hicieron que su corazón se acelerara más de lo que ya estaba.

Su propia forma se agitó. Ella también estaba chapoteando. Y antes de que pudiera pensarlo, se encontró gritando al grupo:

—¡Rápido!

Inhala.

—¡A la lancha!

Exhala.

—¡Hay algo en el agua!

El pánico se extendió rápidamente. Entre salpicaduras, ella podía escuchar a los otros reaccionando a sus instrucciones.

—¿Qué hay en el agua? —preguntó Matt, asustado.

—¿Qué? ¡¿Qué es?! —gritó Julia.

—¿Estás tratando de asustarnos? —reclamó Brody.

Claire ignoró sus gritos y agitó sus brazos con más fuerza. Quería informar a sus amigos sobre aquella forma, pero necesitaba de toda su fuerza pulmonar para llegar a la lancha.

En lugar del agua del lago, su mano derecha de repente se encontró con madera maciza. Claire impulsó su cuerpo y rodó por el costado de la lancha hasta aterrizar con las rodillas sobre una masa pegajosa. Se puso en pie sobre aquello, sintiendo que fuera lo que fuera eso se aplastaba entre sus dedos. Parpadeó para enjugarse el agua de los ojos y su visión se ajustó para ver sus pies cubiertos de algas.

El interior del casco de la lancha también estaba resbaladizo debido al fango.

A la luz de la luna, parecía un barniz viscoso verde y negro. Claramente, esta lancha había estado en el agua por un buen tiempo si las algas se habían acumulado así en su interior, como moho.

Claire se sacudió el asco cuando escuchó a Brody chapoteando para subir a la lancha con ella.

—¿Cuál es tu problema, Claire? ¡Casi haces que me dé un infarto! —le reclamó Brody.

Claire señaló el agua.

—¡Mira!

Y finalmente, Brody también vio la rama que se *deslizaba*.

—¡Ay, diablos! —dijo Brody, arrodillándose sobre las algas para mejorar su centro de gravedad. Si vio las algas viscosas (¿y cómo podría no hacerlo?), no lo dijo. Se limitó a extender los brazos hacia Matt y Julie, que seguían nadando a unos buenos seis metros de distancia—. ¿Qué demonios es esa cosa?

—¡Rápido, chicos! —insistió Claire a gritos. Se encogió para arrodillarse junto a Brody en las algas y extendió también los brazos.

Matt logró llegar primero, y Brody tiró de él con un movimiento suave. Su peso combinado sacudió la lancha, y los tres se balancearon adelante y atrás como un péndulo sobre el agua. Cada uno se sujetó de los costados del bote para

mantenerse firmes, al tiempo que intentaban evitar que la lancha se volcara...

...lo que significaba que no estaban precisamente al pendiente de Julie, quien desesperadamente podría haber agradecido la ayuda. Sus piernas comenzaban a entumecerse; el agua parecía desear retenerla.

Y entonces, aquella chica sintió algo curvándose alrededor de su tobillo.

La lancha se estabilizó a tiempo para que Claire, Brody y Matt vieran a Julie flotar en el agua a unos tres metros de distancia. Su cabeza se balanceaba arriba y abajo entre salpicaduras de gárgaras. Julie intentó gritar, pero el frío y la conmoción le cortaron el aliento. Sintió una piel viscosa que envolvía su cuerpo, que tiraba de ella hacia abajo. Se sentía como si incontables hileras de diminutas agujas trituradoras estuvieran clavándose en sus espinillas y royendo su carne. No podía nadar para alejarse... apenas conseguía mantener la cabeza fuera del agua.

Finalmente jadeó y reunió el suficiente oxígeno... para gritar.

El alarido de Julie ensordeció la noche y provocó que un escalofrío electrizara la columna de Claire. Todos escucharon el gorgoteo de esas burbujas, ahogándose, mientras aquella hermosa chica era arrastrada hacia abajo... para ya no salir.

Lo único que quedó de Julie fue un pequeño charco de color rojo que se disolvió lentamente hasta desaparecer.

Brody, a quien Claire no había visto mostrar ni una pizca de emoción durante los últimos nueve meses, ni siquiera cuando los pacientes fallecían en Pennhurst —pacientes a los que atendía todos los días—, tenía lágrimas corriendo por su rostro. Estaba fuera de sí, traumatizado. Pero su conmoción se convirtió rápidamente en ira, y entonces arremetió contra Claire y Matt, que estaban tratando de procesar lo que acababa de suceder ante sus ojos.

—¡Tú deberías haber intentado alcanzarla! ¡Podríamos haberla salvado! ¡TÚ deberías haberla salvado, Claire! Eras la más cercana. Si no hubiéramos estado salvando tu trasero, Matt, ella todavía estaría viva.

Se derrumbó y berreó. Cayó de nuevo, temblando, sobre el casco cubierto de algas.

Matt simplemente se quedó en silencio, con la mirada perdida.

Claire mantuvo los ojos fijos en la superficie del agua. Ni todo el llanto del mundo, o aquellas infructuosas discusiones, podrían cambiar la dura verdad: nadie podría haber salvado a Julie, porque ella había sido la que estaba más cerca de la rama. *Sólo que ésa no era una rama. Era claramente una anguila o una serpiente de algún tipo. Tal vez un tentáculo de algo más grande, pero... ¿qué?*

Fuera lo que fuese, todavía estaba ahí... interponiéndose entre ellos y la orilla.

Claire esperó a que Brody se calmara un poco antes de pedirle que la ayudara a remar para llevar la lancha de regreso a la orilla. Era su única esperanza. Se lo pidió a Matt antes, pero él no respondió. Bien podría haber sido un fantasma a bordo.

Claire y Brody tomaron cada uno un remo y comenzaron a remar al mismo ritmo. Curiosamente, aunque podían hacer girar suavemente la lancha, no parecían moverse más de unos cuantos metros. Simplemente daban vueltas un poco en esta dirección o un poco en aquella, pero enseguida flotaban de regreso al punto donde habían comenzado.

—Creo que estamos atrapados en algo, como si el barco estuviera anclado en el fondo del lago —anunció Brody—. Pero no creo que debamos sumergirnos en el agua para averiguarlo.

Eso es lo más inteligente que has dicho, pensó Claire.

—Entonces... ¿qué haremos? —preguntó Matt, rompiendo repentinamente su silencio—. No podemos simplemente quedarnos sentados aquí toda la noche. Necesitamos conseguir ayuda.

Los tres permanecieron allí, mirándose unos a otros en busca de respuestas, temblando en la oscuridad. Una eternidad pareció transcurrir en ese silencio, durante el cual Matt decidió dejar de autocompadecerse y ser valiente.

—¿Y si tiramos los remos?

—Sí, seguro. Aquí estamos, sentados en el moho del pantano, mientras esperamos a ser devorados; pero claro, las cosas no son lo suficientemente malas —se burló Brody—. Ahora vamos a deshacernos de los remos. ¡Qué gran idea!

—Es claro que no van a ayudarnos si la lancha está atrapada entre las algas o lo que sea. Así que aprovechémoslos a nuestro favor. Podemos distraer a la serpiente con ellos. Si los arrojamos por la borda, llamaremos su atención, podemos mover en serio el agua para hacerla salir a investigar. Luego usamos esa distracción para nadar a la orilla. ¿Qué les parece?

—De ninguna manera —protestó Brody—. Claire podría tener una oportunidad, pero esa cosa es más rápida que nosotros dos. No lo lograremos. Además, no podemos ver nada ahí abajo. Voto por que esperemos hasta el amanecer para que al menos podamos ver lo que hay debajo de nosotros.

Matt miró a Claire.

—¿Desempate? ¿Voto decisivo?

Claire no quería admitirlo, pero Brody tenía razón. La oscuridad los ponía en desventaja. El plan de Matt, aunque valiente, no era inteligente.

—Matt, sé que nos espera una larga y fría noche, pero Brody tiene razón.

—Bien, entonces nadaré solo —dijo Matt, temblando.

—No seas idiota —sentenció Brody—. Tenemos más oportunidades si nos mantenemos juntos.

—Tú no puedes decidir qué voy a hacer yo.

Mientras Matt y Brody discutían por el mando, Claire observó cómo se formaban burbujas alrededor de su lancha. Algo estaba perturbando el agua. Algo debajo de la superficie.

Pero no era sólo en el agua: estaba bajo sus pies.

—¡Qué-qué-qué-qué! —dijo Matt, sorprendido.

Todos en la lancha se arrastraron en un movimiento abrupto hacia atrás, balanceándose sobre el borde, tratando de levantar los pies del casco. No era su imaginación: las algas bajo sus pies parecían *moverse*. Rezumaban debajo de ellos, filtrándose hacia el centro del bote y entre las tablas del casco. El fango se arremolinaba como agua que es succionada por un desagüe. En cuestión de un instante, se reveló el casco de madera y el agua alrededor del barco quedó quieta.

Todos permanecieron en silencio, conteniendo la respiración, tratando de entender lo que acababan de ver. *Algas moviéndose como un charco ante sus ojos.* Desafiaba cualquier explicación.

Brody miró por la borda y vio su reflejo en el agua.

—Si le decimos a la gente lo que acabamos de ver, nos encerrarán en Pennhurst —musitó Brody a su reflejo.

De pronto, una ola se elevó sobre el lago.

Sólo que no era agua.

Era como una red de algas viscosas y húmedas que el lago escupía.

Que *escupía*.

Antes de que Brody pudiera reaccionar, la ola de algas cubrió por completo su cabeza, tensándose como un hilo de pescar que es enrollado. La bazofia orgánica tomó forma alrededor de su cabeza y aplastó su rostro hasta que se derritió y sus ojos se salieron. Y con un tirón final, la indescriptible sustancia succionó el cuerpo de Brody por la borda sin ni siquiera un chapoteo. Lo absorbió, espesando el agua a su alrededor como un pozo gelatinoso que lo tragó en una negrura pura y pegajosa.

Fue repugnante.

—¡UN MOMENTO! Espera —dijo Mike, entrometiéndose en la historia—. Las algas estaban... ¿vivas?

—Sí —respondió Robin.

—¿Eran parte de la cosa esa de la serpiente? ¿O eran algo distinto?

—Eso en realidad está sujeto a debate —intervino Steve.

—Como el infierno, que así es —replicó Robin.

—He escuchado la historia de dos maneras diferentes: la correcta y la incorrecta. Ahora, la forma correcta es que las algas y el tentáculo que se deslizaba, ambas cosas son parte de...

—No es un tentáculo.

—¿Cómo lo llamarías, entonces?

—Es una anguila. Porque es un animal híbrido. Es parte anguila, parte tiburón, parte medusa, y las algas son organismos independientes que viven en ella, como esos peces que se alimentan de la basura en el fondo del mar y que se enganchan a las ballenas. Eso es lo que hace que esto sea tan aterrador: es algo real que está ahí afuera, ahora mismo. Gente que conozco la ha visto. Es un híbrido...

—Nop. Es una criatura marina gigante.

—No digas "criatura", no intentes influir en la multitud para que esté de tu lado. Di lo que en verdad piensas que es y comprueba si ellos creen tu historia. Un... ¿qué? Di la palabra.

—Un... monstruo marino.

Las carcajadas salieron del grupo en el videoclub. Steve los estaba perdiendo.

—Escúchenme —suplicó por encima del coro de voces—. No estoy diciendo "monstruo marino" como el del lago Ness o algo así. No soy de esas personas conspiracionistas que se hacen un gorro de aluminio. Lo único que digo es que todo el mundo sabe que algo vive en el Lago de los Enamorados. Y es algo grande. No estoy diciendo que sea un dinosaurio, pero sí algo de ese tamaño y de esa época. Ha estado aquí, en

Hawkins, todo el tiempo, dormido en el fondo. ¿Es tan difícil de creer después de todo lo que hemos visto?

La tienda de videos se quedó en silencio una vez más, cada uno de ellos sabía muy bien a lo que Steve se refería.

Steve recuperó la linterna.

—Nadie sabe con certeza de dónde vino este monstruo. Sólo que está hambriento. Y es casi la hora de comer otra vez...

El Lago de los Enamorados se estaba enfriando todavía más.

Claire y Matt se acurrucaron juntos para calentarse en lo que parecía un tiempo prestado. Sus opciones de escape se estaban reduciendo minuto a minuto. Esperar toda la noche no los ayudaría; de hecho, podría ser un boleto sin retorno al país de la hipotermia. Tratar de nadar más rápido no funcionaría. Incluso si la idea de distracción de Matt atraía la atención de aquello, los remos no la mantendrían ocupada el tiempo suficiente para dejarlos alcanzar la orilla. Eso pronto se daría cuenta de que los remos estaban hechos de madera. Sabría que no eran una presa con la que pudiera jugar.

Parecía que lo único que mantendría a la cosa submarina ocupada era algo con pulso.

Y fue entonces cuando a Claire se le ocurrió la idea. Se dio media vuelta y miró a Matt considerando todo lo que sabía sobre él, que no era mucho. Porque no eran amigos-amigos.

Eran amigos de trabajo. Además de que tenía una licenciatura en Psicología y de que disfrutaba mirando a Julie con lascivia, ella no sabía nada de él. En realidad, no conocía a nadie en Hawkins además de estas tres personas.

Ahora se había reducido a uno solo.

Claire no tenía familia, nada que la vinculara con Hawkins. Era una "forastera" que podía abandonar la ciudad en cualquier momento sin que nadie preguntara por ella. ¿Por qué no empezar de nuevo?

¿Por qué no largarse?

La idea creció. Le diría a Matt que seguirían el primer plan —*su* plan—, y usarían los remos para llamar la atención de esa cosa, agitando el agua. Entonces, ella echaría atrás un remo, actuando como si fuera a lanzarlo. Pero en realidad... lo usaría contra Matt. Ella lo golpearía en la cabeza y lo arrojaría para alimentar a la *cosa*. Ésta succionaría su cuerpo y lo digeriría. Eso le daría suficiente tiempo para que ella nadara hasta la orilla.

Ésa era la única manera. Y ni siquiera tenía que esperar hasta el amanecer. Estaba cansada de tener frío. Estaba cansada de escuchar sus dientes castañear dentro de su cabeza.

—Deberíamos intentar con tu idea... con los remos —balbuceó ella.

—¿Estás segura? —preguntó él nervioso—. ¿Qué hay de esperar hasta que salga el sol?

—No creo que importe cuándo intentemos irnos. De día o de noche, esta cosa está aquí esperando para alimentarse. Tenemos que actuar ahora, antes de que vuelva a subir por la lancha, o moriremos congelados en la oscuridad. Tú elige.

Matt eligió su remo.

Claire incluso hizo que la ayudara a desengancharlo. Matt no tenía idea de lo que estaba por venir.

Él se ofreció para agitar el agua, pero ella insistió en hacerlo. Claire tomó el remo en sus manos y comenzó a moverlo en el agua para llamar la atención de la criatura.

Pudieron ver la extraña forma moverse hacia la superficie. Se acercó a la lancha.

Y antes de que el chico pudiera terminar de decir "lánzalo", ella giró el remo y golpeó la cabeza de Matt con tanta fuerza que la sangre manchó su cara en una salpicadura roja. Ella plantó su pie izquierdo para patearlo con la derecha, ¡pero resbaló!

¡Eran las algas!

La bazofia había regresado y cubría el casco de nuevo con su resbaladizo fango.

Claire trató de recuperar el equilibrio, pero no pudo. Estaba demasiado resbaloso. Se fue de cabeza y cayó en el agua. El líquido helado aturdió su cuerpo por un momento, así que estaba totalmente inmóvil cuando se hundió por completo, hacia el oscuro abismo.

Matt trató de detenerse a mitad de la caída, sus brazos instintivamente se movieron para salvarlo, aunque su cerebro estaba en piloto automático debido a la herida. No cayó de la lancha; sólo golpeó la popa. Se quedó tendido como un pez muerto agitándose presa de la conmoción. Las algas del casco se acumularon a su alrededor y luego se enroscaron lentamente sobre su cuerpo cubriendo su estómago, sus hombros y su rostro como una manta. Aplastaron todo y tiraron de él hacia abajo con fuerza, desgarrándolo limpiamente a través del casco y ¡rompiendo la lancha por la mitad!

Fue entonces cuando Claire lo vio con sus propios ojos bajo el agua: las algas se contraían alrededor del cuerpo sin vida de Matt, sellándolo como un capullo. Las algas no eran algas. Eran un apéndice palpitante en el extremo de un tentáculo largo y espinoso, parte de la *cosa* que habitaba el fondo del Lago de los Enamorados. Ella no pudo ver nada más allá de eso, sólo negrura. Pero podía decir que eso la estaba observando.

Claire empezó a patalear.

Necesitaba patalear rápido y fuerte si quería tener suficiente ventaja para llegar nadando hasta la orilla.

Atravesó la superficie justo a tiempo para tragar un poco del aire que tanto necesitaba.

El agua se aglutinó a su alrededor, empujando la forma hacia la superficie una vez más, casi levantándola hacia ella. Claire estaba entrando en pánico, respiraba profundo y remaba con los brazos.

Inhala.

La forma deslizante latigueó detrás de ella.

Exhala.

Se deslizó más cerca.

Inhala.

Más cerca.

Exhala.

Todavía más cerca.

A través del agua turbulenta, Claire divisó la orilla. Otros treinta segundos y sería libre. Sacudió una visión de la cabeza

ensangrentada de Matt de su mente y siguió pataleando. La seguridad estaba al alcance.

También la cabeza de Matt. Otro destello de sangre.

¡No hay tiempo para pensar en eso! Claire se concentró en nadar cada vez más rápido.

Sus dedos se estiraron y pronto tocaron la tierra mojada. ¡Ella podría poner sus pies en el suelo! Sintió la tierra blanda entre los dedos de los pies —esa familiar sensación de suciedad— cuando se incorporó, luego corrió hacia la orilla y se arrojó sobre el capó del T-Bird de Brody.

Estaba a salvo.

Estaba fuera del agua.

—¡Lo hice! —gritó Claire desafiando al agua—. ¡No me atrapaste!

El aire llenó sus pulmones mientras miraba hacia el Lago de los Enamorados. Parecía tranquilo, inmóvil. Cuando finalmente dejó de jadear, supo que podía respirar tranquila.

Frotó sus hombros, cada parte de ella comenzó a entrar en calor lentamente, excepto sus pies, donde todavía podía sentir la arena fría y húmeda bajo sus dedos. Se inclinó para sacudírsela de la planta del pie cuando sintió un rápido pinchazo. No era arena.

¡Eran las algas!

Corrían en una larga hebra desde su pie a través de la arena hasta la orilla y el agua, como una gigante enredadera de algas.

Y antes de que pudiera gritar, la arrastró del capó del auto y la llevó consigo de regreso al Lago de los Enamorados. Su rostro se desvaneció bajo una espuma de burbujas que pasó del blanco...

...al negro...

...al rojo.

—Nunca volveré a nadar —dijo Max cuando se hizo el silencio en el videoclub una vez más.

Dustin y Mike asintieron en silencio.

—¿Cuándo volverá la energía? —preguntó Erica con impaciencia.

—Confía en mí, lo sabrás cuando regrese —respondió Steve—. Las luces de la tienda se encenderán automáticamente.

Lucas estaba parado frente al cristal, actuando como un vigilante. Ahuecó las manos alrededor de sus ojos, como si eso le ayudara a ver mejor a través de la noche, pero eso no servía de mucho en un apagón. Suspiró.

—Las luces de la calle siguen muertas —observó—. Ni siquiera puedo ver las estrellas en el cielo. Está oscuro allá arriba y está oscuro aquí abajo.

—Si tan sólo tuviéramos la Luna de Sangre para iluminar nuestro camino, ¿verdad? —preguntó Max.

No obtuvo respuesta.

Max se incorporó desde las sombras, tratando de observar bien los rostros a su alrededor. No podía ver sus expresiones desde su sitio, pero el silencio era patente. No tenían idea de lo que ella estaba hablando.

—No me digan que nunca han oído hablar de la Luna de Sangre —dijo Max.

—Suena a invento —respondió Mike.

—¿Es de una película? —preguntó Dustin.

—No todo es de una película —respondió Lucas.

—Lo sabía —dijo Robin, saltando del mostrador con una alegría maniaca. Se sentó junto a Max en el suelo—. Eres una especie de bruja, ¿cierto?

—No —admitió Max—. Pero algunas chicas en la escuela sí lo son —luego se corrigió—. Quiero decir, lo eran. Algunas chicas en nuestra escuela lo *eran*.

—Entonces, suéltalo —intervino Erica, todavía apoyada contra el mostrador—. ¿Qué es una Luna de Sangre y qué tiene que ver con las brujas y las chicas de la preparatoria?

Max miró a Steve y extendió sus manos.

—Podría... —dijo ella, señalando con la cabeza hacia la linterna. Steve la lanzó en su dirección.

Y con un clic, Max ya estaba iluminada y lista para explicar.

—Hubo una Luna de Sangre a fines del año pasado sobre Hawkins. Ahora, una luna llena roja puede parecer intrascendente en comparación con lo que todos hemos visto, pero eso se debe a que no sabemos cómo aprovechar su poder. No sabemos lo que significa. Para nosotros es sólo la luna. Esas chicas góticas en nuestra escuela, las que se hacen llamar Hijas de la Oscuridad...

—Recuerdo a esas chicas, las que escuchan The Cure —recordó Steve.

—Hey, a mí me gusta The Cure —replicó Nancy.

—¿Desde cuándo? Oh, claro... Jonathan.

Las idas y vueltas se fundieron en una pausa incómoda.

—Como estaba diciendo —habló Max, reclamando la palabra—. Las Hijas de la Oscuridad salen al bosque durante eventos lunares como ése, para hacer ceremonias y practicar hechizos de magia de sangre. Cosas realmente raras. La última vez que hubo una Luna de Sangre sobre Hawkins, ellas salieron a hacer lo suyo, y nunca más regresaron. Yo escuché la verdadera historia de lo que sucedió esa noche, la noche en que estoy segura de que sus padres les rogaron que se quedaran en casa. Pero ya saben cómo son algunas chicas...

LAS CHICAS SÓLO QUIEREN DIVERTIRSE

A pesar de haber estado dentro de un laboratorio, durante el día, los estudiantes de la clase de Ciencias de la Tierra del tercer periodo del señor Klein estaban observando un eclipse lunar. La imagen de la luna roja brillaba desde el proyector de diapositivas en una pantalla.

—La Superluna de Sangre es una rareza que ustedes podrán observar sobre Hawkins esta noche, y sólo por una noche —explicó el señor Klein—. No es un "Eclipse total del corazón", pero es un eclipse total de luna —hizo una pausa para dar cabida a las risas. Ninguna se escuchó. A la mayoría de los estudiantes no podrían importarles menos las patéticas referencias de su profesor a los éxitos de la radio, y mucho menos esta charla sobre alguna luna rara. Pero a Sam le importaba. Ella estaba enfocada como un láser en la lección de hoy.

Debido a la invitación que había recibido esa misma mañana.

Según lo prometido, lo había encontrado en su casillero: un pergamino enrollado. Dentro, había una brújula, un cuchillo y un mensaje en rima cuidadosamente escrito en tinta:

Cuando una nueva noche cae y el clamor de la sirena aumenta,
nos unimos al llamado de la Luna Sangrienta.
Ellos se ahogan en las tinieblas, nosotras somos por la luz bendecidas.
Para siempre y esta noche, únete a nosotras y vuelve a ser recién nacida.
LAS HIJAS DE LA OSCURIDAD

Sam apenas podía contenerse. Durante meses las había estado observando: un grupo de cuatro chicas mayores, una mezcla de alumnas de último y penúltimo años. Usaban un espeso labial negro, chamarras de cuero y guantes sin dedos de red. Evitaban los eventos de las porristas y el gimnasio como si fueran la peste. Iban juntas a todas partes. Eran amigas. Hermanas. *Brujas.*

Y ahora, después de un largo periodo de cortejo, estaban invitando a Sam para que se uniera a ellas.

Al escuchar los pesados pasos de un vigilante de pasillo acercándose, Sam escondió el cuchillo, la brújula y el pergamino en su mochila. Estuvo mirando a hurtadillas los objetos prohibidos durante toda la mañana, y cada vez sentía cómo crecía su entusiasmo, anticipando la noche que estaba por venir.

La campana sonó y dio pie a la habitual estampida para el almuerzo. Pero Sam se entretuvo. Se quedó atrás para admirar la imagen de la Luna de Sangre unos momentos más.

—Señor Klein, ¿qué hace que la luna se vea roja? —preguntó ella.

—Oh, es la refracción de la luz a través de polvo en la atmósfera —respondió el profesor, un poco sorprendido de que una estudiante se hubiera detenido para hacerle una pregunta—. Según la Biblia, esto es un mal augurio, como señal del apocalipsis y el fin de los tiempos.

No, no, no, pensó Sam. *No es un final, sino un inicio*. Anunciaba la alineación de los planetas, lo que actuaba como una especie de puerta mágica. Perfecta para los renacimientos, para las renovaciones y para iniciar a una novata como ella en un aquelarre.

Esta noche, Sam se uniría a las Hijas de la Oscuridad y descubriría exactamente qué hacían las chicas como ellas en el bosque cuando no había nadie observándolas. Había escuchado historias, por supuesto. Todos en la escuela las habían oído. Pero no estaba segura de qué creer. ¿Adoraban demonios? ¿Sacrificaban cabras? Algunos juraban que las chicas góticas eran las responsables de todos los fenómenos espeluznantes e inexplicables que rodeaban a Hawkins últimamente: las latas de refresco flotando en el aire por la noche. Incendios espontáneos cerca de una cabaña abandonada en el bosque. Pero una de las Hijas, Becca, le había confiado a ella que nada de eso era culpa suya. Le aseguró a Sam que los chicos que lanzaban semejantes acusaciones eran unos drogadictos, que también contaban historias de una niña pequeña escondida en el bosque que supuestamente podía mover cosas con su mente.

Todo suena tan irreal, pensó Sam. *Parece como salido de un programa de televisión.*

Las Hijas practicaban hechizos elementales, le dijo Becca. Curaciones. Amarres. Invocaciones de espíritus. Cosas que las brujas modernas podían usar para vivir una vida más plena.

Suena más serio de lo que es, recordó que le había dicho Becca. *Sobre todo, lo hacemos porque es divertido. A ti también te gusta divertirte, ¿cierto?*

Luego, en la privacidad de su recámara, Sam se sometió a una transformación importante.

Quedaron fuera el suéter y la blusa desaliñada, y tomaron su lugar la chamarra de piel, los guantes de red, los pantalones rasgados y las botas militares. Todo en negro, por supuesto. En una neblina de laca para el cabello, se alborotó el cabello como Robert Smith, vocalista de The Cure, y se aplicó tanto delineador de ojos que lucía como si fuera a protagonizar una vieja película muda de terror.

Sam se miró por última vez en el espejo para contemplarse —*a su verdadero yo*— por primera vez. En este momento de tranquilidad, la música que venía de su estéreo pareció desvanecerse y su mente comenzó a llenarse de dudas. ¿Y si todo esto fuera una broma elaborada? O peor aún, ¿y si las Hijas de la Oscuridad estuvieran planeando algo más siniestro para ella? ¿Como usarla para un sacrificio humano?

¿No es eso lo que hacen las brujas?, pensó Sam. Había visto las historias sobre el "pánico satánico" cuando sus padres la obligaron a ver los reportajes del programa *20/20*. Pero Becca y las otras chicas no eran así, ¿cierto? Ella les agradaba... ¿verdad?

Sam miró su reflejo oscuro. *Bueno, ¿qué elegimos?*, se preguntó. *¿Simplemente nos quedamos aquí y dejamos que mamá use* 20/20 *para asustarnos y que nunca más salgamos de casa? ¿O actuamos con valentía por una vez y al menos vemos la Luna de Sangre?*

La mente de Sam, como su semblante, estaba decidida.

Esperó hasta que salió la luna, entonces dijo a sus padres que iría a una sesión de estudio con unas amigas. Soltó una risita para ella misma, dado que ninguna de esas cosas era mentira, en realidad. Una vez que estuvo fuera de casa sacó a escondidas la linterna de su padre de la cochera y montó su bicicleta camino al bosque. Becca le había dicho que buscara un arce con una marca muy particular tallada en su tronco.

Un pentáculo.

Sam debía esperarlas allí.

Usando las coordenadas y la brújula que las Hijas habían incluido en su invitación, Sam encontró un grupo oscuro de árboles que rodeaba un enorme arce. La suave luz roja de la luna no podía penetrar las espesas copas de los árboles, así que encendió la linterna y lanzó su caleidoscopio de luz y sombras sobre el espacio natural que la rodeaba con un movimiento de su muñeca. La linterna iluminó algo de inmediato. Algo inusual.

Allí, tallada en la corteza, estaba la estrella encerrada en un círculo, símbolo de los elementos.

Sam acarició con un dedo las muescas del símbolo, canalizando una sensación que subía por su dedo y bajaba por su espalda. Quiso atribuirlo a estar en sintonía con algún tipo de esencia mágica natural, pero su instinto le contaba una historia diferente: malestar... *miedo*.

Eso era imposible de evitar, parada ahí sola en el bosque después del anochecer. Desde que había llegado y colocó la bicicleta de costado, había tenido la persistente sensación de que había algo más cerca. Algo que la *observaba*.

¿Un animal, tal vez?

Sacó el cuchillo de su mochila y lo sostuvo por la empuñadura en el bolsillo de su chamarra, lista para atacar. Por si acaso. El sonido de un silbido pronto rompió el silencio. Sam se dio la vuelta para ver si podía detectar su fuente.

Algo se materializó de la nada justo delante de sus ojos.

Imposible, pensó Sam, viendo a Becca aparecer de las sombras como por arte de magia. Parpadeó para enfocar los ojos y se dio cuenta de que la luz de la linterna le estaba jugando una mala broma. Becca tan sólo había salido de detrás de un árbol.

Pronto apareció otra chica. Luego, una tercera y una cuarta. Cada una llevaba suministros que iban desde lo normal (como Pepsi, botanas de la estación de servicio y una grabadora portátil) hasta lo francamente extraño (un pájaro vivo en una jaula y un pez en una de esas bolsas de plástico de las tiendas de mascotas).

—¿Eso es un cuchillo en tu bolsillo o sólo estás feliz de vernos? —rio Becca. Las otras chicas también rieron. Ellas eran las Hijas de la Oscuridad.

Sam esperaba que, a la favorecedora luz de la Luna de Sangre, no pudieran notar que ella se encontraba muy lejos de su zona de confort. Sonrió.

—Yo... creí haber escuchado algo —les dijo.

—Bueno, estamos en el bosque, cariño. Hay pequeñas alimañas por todas partes —dijo Becca.

—Y aquí también —dijo la chica que sostenía el pájaro y el pez. Su nombre era Tara.

Las otras dos chicas eran Nikki y Rachel, aunque era difícil distinguirlas, ya que pasaban mucho tiempo juntas.

—Bienvenida a... —comenzó Nikki.

—... nuestro aquelarre —completó Rachel.

Las Hijas se pusieron en fila frente a Sam, tomadas de las manos. Ella no supo qué hacer salvo observar mientras las chicas levantaban la mirada hacia la Luna de Sangre y entonaban un conjuro que no entendía. Poco después, se quedaron en silencio y Becca se separó para tomar la mano de Sam entre las suyas.

—Sam, hemos adivinado tu interés en nosotras y hemos visto dentro de tu corazón. Eres una de nosotras. Los espíritus nos han dicho que serás una maravillosa adición a nuestro aquelarre, y es aquí, bajo la atenta mirada de la Luna Sangrienta, donde uniremos tu poder con el nuestro. ¿Nos aceptas tú también a nosotras?

—Sí —respondió Sam, con el corazón desbocado.

—¿Invocas al espíritu?

—Sí.

—Entonces, elige tu árbol y talla el símbolo de la Triple Luna en él como una señal de tu renacimiento.

Sam tomó el cuchillo de su bolsillo, pero Becca le ofreció el suyo. Era una daga más grande, con una hoja curva y grabados ornamentales en el mango. Becca se reunió con las otras Hijas y esperó.

Sam rodeó cada uno de los arces más pequeños que cercaban el árbol del pentáculo. Tras una inspección más próxima, pudo ver que algunos tenían sus propias tallas, sin duda de las ceremonias de bienvenida de las otras Hijas en el pasado. Quería estar cerca, pero también quería diferenciarse de alguna manera, así que buscó un arce de altura similar, pero fuera de esa área.

Justo entonces, como si de alguna manera estuviera escuchando sus intenciones, la Luna de Sangre le mostró a Sam un camino a través del bosque hacia un encogido árbol que estaba eclipsado por un pino gigantesco de casi seis metros de altura. Aunque este pequeño árbol estaba protegido de los elementos, parecía viejo y un poco marchito. El pino más alto había absorbido la mayor parte de la luz del sol y la lluvia, y dejaba que este árbol huérfano creciera en la oscuridad. Las ramas claramente se habían adaptado a una vida en las sombras y lucía sus cicatrices con orgullo.

Sam sintió una afinidad con él.

Dio un paso adelante y preparó la daga, escuchando a las Hijas comenzar un canto:

—*Así con la daga, con nosotras se hermana. Así con la daga, con nosotras se hermana...*

Sam podía sentir su mano temblando con el peso de la linterna que iluminaría su talla.

—*Así con la daga...*

La mancha roja de la luna se reflejó en la hoja de su daga.

—*Con nosotras se hermana...*

Sam empujó la daga. Pero en el momento en que la hoja perforó el pequeño árbol, la corteza se desmoronó, revelando un hueco en el interior. Demasiado oscuro para ver nada más que podredumbre.

Sam se asomó a la cáscara rota del árbol, curiosa. Levantó la linterna para ver mejor.

El agujero negro del interior pareció *moverse*.

Todas a la vez, un grupo de arañas anidadas, cada una del tamaño de la mano de Sam, se deslizaron fuera del árbol. Se movían en oleadas de treinta, cuarenta, tal vez más. Eran de color negro azabache, excepto por una ostentosa forma de reloj de arena roja en todos sus abdómenes, que reflejaba la luz como los ojos de un animal por las noches.

—¡Viudas negras! —gritó Sam. Su cuerpo quedó momentáneamente sin fuerzas.

¡Pop!, se hizo añicos el cristal de la linterna en el suelo. La daga de Becca también resbaló de la mano de Sam antes de que su cuerpo cooperara para correr de regreso hacia las otras. Las Hijas vieron el enjambre que se aproximaba y se dispersaron por el bosque, avanzando agachadas por caminos separados.

El mundo se volvió tan silencioso para Sam, lo único que podía escuchar eran sus propios pasos en la tierra húmeda. La sangre bombeando, los oídos zumbando. Estuvo a punto

de resbalarse cuando imaginó la leve sensación peluda de sus patas delgadas arrastrándose a lo largo de su escote y bajando por su blusa. Ella se contuvo y consiguió estabilizarse en el último momento. Luego se dio una palmada en la nuca y se revisó los brazos y las piernas. Llámenlo instinto. Llámenlo paranoia. Sam creía que las arañas la perseguían porque sus propios sentidos le decían que su piel estaba erizada.

No era así.

Sam siguió corriendo hasta que sus pulmones comenzaron a arder y sus piernas no pudieron continuar. Pronto, llegó a un claro y se dio media vuelta para asegurarse de que no hubiera arácnidos tras su rastro. Sólo vio hierba, ramas y arbustos húmedos y sombríos. Agotada, se dejó caer al suelo, resoplando como si hubiera corrido un maratón. No se había sentido así de cansada en mucho tiempo. El sudor se acumulaba en su frente y corría por su rostro, dejando rastros de rímel como tinta en sus mejillas.

Sam respiró y echó un vistazo a su alrededor. ¿Cuándo se habían engrosado los árboles a su alrededor? Las copas de los árboles eran tan espesas y las ramas tan altas que la Luna de Sangre se había oscurecido. Eso significaba sombras. Sombras hasta donde sus ojos podían ver.

Sam se había alejado de las arañas.

Pero también se había alejado de las otras.

Estaba oficialmente perdida. En un bosque sombrío. A mitad de la noche.

—Esto no es *divertido* —se dijo.

Nikki y Rachel fueron las primeras en encontrarse.

—Ay, Dios mío —dijeron al unísono.

Nikki tomó aire.

—Te he estado buscando...

—... todo el tiempo —soltó Rachel—. Sí, yo igual.

Las dos chicas se tomaron de la mano y siguieron un camino, con la esperanza de reunirse con las otras Hijas. Por fortuna, pronto encontraron sus "migas de pan" en el bosque: tiras de plástico mojadas en el suelo. Eventualmente, este extraño rastro las llevó a encontrar un pez dorado muerto donde no debería haber estado:

En la tierra.

No había estanques ni arroyos en esta zona del bosque. La pobre criatura claramente había caído durante la locura que se desató, después de que su bolsa se rompiera.

Ya no se sacudía. Ese tiempo había pasado.

Nikki miró a Rachel.

—Tara va a estar tan... —dijo Nikki.

Rachel terminó su oración:

—... molesta por su pez. ¡Lo sé! Ama a sus animales.

Pronto descubrieron huellas en el lodo cercano. Pero la distancia entre un paso y otro no tenía lógica. La zancada era demasiado larga para ser de Tara: ella era la más baja del aquelarre. Éstas más bien parecían huellas de animales.

No de pezuñas. No de patas. Sólo grandes pies con lo que parecían garras en los extremos.

Sam retrocedió hacia el árbol del pentáculo manteniendo un ojo atento a las arañas. Por fortuna, no encontró ninguna. Todo estaba despejado, excepto por dos formas peculiares en la línea de árboles más adelante.

Piernas. Estaban colgando.

Reconoció el estrambótico patrón de rayas de las calcetas. ¡Era Becca!

—¡Becca! —gritó Sam y corrió hacia ella.

La encontró en lo alto de un árbol, posada en una gruesa rama. Esperaba que Becca le dijera alguna broma sobre cómo había llegado allí, o la última vez que había tenido que treparse a un árbol, pero Becca no era la misma de siempre.

De hecho, ni siquiera reconoció a Sam.

Se quedó allí sentada, catatónica, con la boca abierta. Completamente congelada, presa del terror.

—Becca, ¿estás bien? —preguntó Sam—. ¿Qué ocurre? ¿Te mordieron?

Becca siguió mirando hacia la oscuridad.

—Vi algo. No era una araña... algo más grande.

—¿Qué quieres decir? ¿Como un coyote?

—No, no era un animal. No tenía pelaje. Tenía piel. A la luz de la luna, parecía una piel viscosa.

Sam ayudó a Becca a bajar del árbol.

—Becca, ¿invocamos algo aquí esta noche?

—No podemos —respondió Becca en un susurro—. No tenemos poderes reales, no de la forma en que la gente de la escuela cree que los tenemos. Sólo venimos aquí para actuar de manera alucinante y divertirnos.

—¿Te estás divirtiendo?

—No.

—Yo tampoco. Le diré a toda la escuela el lunes que hicimos un sacrificio de sangre y todo tipo de cosas espantosas si lo único que te preocupa es mantener tu reputación espeluznante. Nadie tiene por qué saber que somos nosotras las que tenemos miedo. Ahora busquemos a las otras y larguémonos de aquí.

En otro lugar, lejos de Sam y Becca, y lejos de Nikki y Rachel, había una jaula volcada con un pequeño loro dentro.

El perico de Tara.

La jaula rodaba de un lado a otro por el suelo. El aleteo constante del pájaro era lo que hacía que se balanceara... lo suficientemente fuerte para generar el movimiento, pero no tanto como para forzar que se abriera el pestillo. El periquito estaba atrapado. Su diminuto corazón estaba agitado, claramente asustado por algo cercano.

Algo que proyectaba la sombra de un hombre.

Pero no era humano.

Eso avanzó sigilosamente y abrió sin esfuerzo la jaula con sus garras.

El graznido del pájaro fue silenciado en el momento mismo en que resonó. Los colmillos atravesaron sus delicadas plumas y pulverizaron sus huesos con un crujido.

Tara, que amaba mucho a los animales, se habría sentido por completo destrozada por esto.

De haber estado viva.

—Por lo menos las arañas se fueron, ¿cierto? —dijo Sam, tratando de aligerar el ánimo.

El intento de broma no alcanzó a Becca.

Caminaron en círculo alrededor de los árboles tallados, esperando a que las demás regresaran.

—Nosotras venimos aquí casi todos los fines de semana —dijo Becca—. Ésta es la primera vez que veo viudas negras, o siento como si algo me estuviera siguiendo. Debe ser la Luna de Sangre. ¿Y si traía algo consigo? ¿Algo... malo?

—Yo creía que la Luna de Sangre era algo bueno. Una puerta de entrada —respondió Sam.

Dejaron de caminar. En un momento de claridad, Becca miró fijamente a los ojos de Sam y habló con la convicción que había tenido antes en su voz.

—Algo malo pudo haber cruzado. Algo que ha estado aquí desde mucho antes de que nosotras apareciéramos.

—¡Hey! —dos voces resonaron a lo lejos.

Se dieron la vuelta para encontrar a Nikki y Rachel corriendo hacia ellas con los brazos abiertos, aliviadas de ver finalmente caras conocidas.

Becca no pudo controlarse y comenzó a llorar mientras abrazaba a las otras chicas en su aquelarre, agradecida con las fuerzas que las habían traído de regreso y a salvo.

Nikki y Rachel también abrazaron a Sam incluyéndola en la reunión. Tal vez su ritual no se había completado de la manera apropiada, pero ahora ella también era parte del aquelarre.

—¿Dónde está Tara? —preguntó Becca.

—Nosotras esperábamos... —comenzó Nikki.

—...que estuviera contigo —terminó Rachel.

Nikki le entregó a Becca un trozo del plástico mojado que habían encontrado en la tierra.

—Encontramos esto...

—En el suelo —intervino Rachel—. Al lado de su pez.

Becca y Sam intercambiaron una mirada de complicidad. Un sentimiento compartido de terror se asentó entre ellas.

—Necesitamos ir a la policía —dijo Sam—. Estamos perdiendo tiempo, cuando algo podría estar realmente mal.

Becca habría estado de acuerdo si hubiera podido responder. Su voz desapareció cuando sintió que su garganta se tensaba al ver algo observándolas.

Una sombra en los árboles.

—¿Qué? ¿Qué es eso? —Sam siguió su mirada y la vio también. Ese sentimiento visceral de inquietud volvió en un instante.

Eso las observaba de una manera primitiva... como un cazador que examina a su objetivo. Irradiaba una furia hirviente y una sed de sangre que no pasó desapercibida para las Hijas restantes. Podían sentir su poder. Las chicas se quedaron

congeladas, temerosas de moverse ni un milímetro mientras captaban su atención.

Entonces la cabeza de eso se abrió como los pétalos de una flor en primavera.

Sus colmillos fueron visibles a la luz de la Luna de Sangre.

Eso era una especie de monstruo.

Sin pronunciar siquiera una palabra, todas las chicas echaron a correr en una sola dirección: de regreso a la civilización. Podían oírlo persiguiéndolas. Los pesados pasos resonaban en el fango, avanzando a zancadas detrás de ellas, a una velocidad aterradora.

Después escucharon su chillido ensordecedor.

Sam podía oír a Becca y las otras chicas repetir algo frenéticamente. Un hechizo de algún tipo. Una invocación de protección. O alguna clase de defensa, pensó. Fuera lo que fuese, no estaba funcionando. La criatura se acercaba con rapidez a ellas. Prácticamente podía sentir su aliento caliente, húmedo, en la nuca.

—Pase lo que pase —se dijo Sam, casi sin aliento—, fue agradable pertenecer, incluso si fue sólo por un momento.

Sam trató de seguir el ritmo de las otras, pero sintió que sus pies de repente dejaban el suelo.

Algo la estaba levantando por la parte de atrás de su chamarra.

Becca se dio cuenta de que habían perdido a una de las suyas. Ella y las otras redujeron la velocidad y se giraron para ver a la criatura arrojar a Sam por encima de su hombro en un solo movimiento.

—¡No! —gritó Becca.

—¡Corran! —respondió Sam, cerrando los ojos cuando la bestia se arrastraba hacia ella, a punto de saltar, moviéndose para matar. Apretó los puños sintiendo que sus dedos se apretaban alrededor de algo en su bolsillo: *el cuchillo*. Aferró el mango y forzó la hoja a través de su chamarra. La punta perforó el costado de la criatura, mientras intentaba abalanzarse sobre ella. Dejó escapar un agudo chillido de dolor.

Eso era lo único que Sam necesitaba para huir y ponerse a salvo.

Con el corazón latiendo en su garganta, corrió tan rápido como sus piernas se lo permitieron, en dirección a algo seguro, algo *familiar*: la Luna de Sangre. Fue indescriptiblemente hermoso. Su brillo apagado marcó la vasta oscuridad celeste con un punto rojo gigante en la atmósfera, como un faro de regreso al mundo real, tan claro como las marcas rojas que había visto en las viudas negras. Sólo que esta vez no estaba asustada. En cambio, la vista de la luna trajo consigo una extraña calidez que corrió a través de su cuerpo en oleadas.

Adrenalina.

Esperanza.

Sam finalmente se encontró con las Hijas de la Oscuridad restantes a la orilla de la carretera. Fue otra reunión llena de lágrimas, cada una de ellas lamentando la pérdida de su hermana

Tara. Luego, vinieron los abrumadores sentimientos de culpa y, enseguida, el alivio.

El alivio de que, de alguna manera, hubieran sobrevivido.

Tal vez habían escapado de la zona más boscosa, pero sabían que no estaban fuera del bosque. Todavía no. Estaban en medio de la noche y necesitaban desesperadamente que las llevaran de regreso a la ciudad. Lejos de ese lugar maldito.

Lejos de la criatura que podría estar al acecho en las sombras.

Las chicas le gritaron a cada auto que pasaba, les rogaban que se detuvieran, pero lo cierto era que la gente en Hawkins estaba demasiado asustada para ayudarlas. Unas chicas góticas vagando en la calle en medio de la noche eran vistas como una gran señal de alerta para la mayoría de los conductores. Las Hijas pronto recurrieron a pararse en medio de la carretera, como una cadena humana, pero eso sólo obligó a los autos a pasar alrededor de ellas, haciendo sonar la bocina con furia. Finalmente, después de no ver ningún auto por lo que les pareció una eternidad, Sam fue capaz de hacer señas a una minivan beige destartalada que pasó por allí. Ella reconoció el vehículo. Y a la conductora.

Y de alguna manera, viendo más allá de todo ese maquillaje manchado por las lágrimas, la conductora también la reconoció a ella.

—¿Sam? —preguntó la amable anciana, luego de bajar la ventanilla—. ¿Eres tú?

—Sí, señora Charlotte —dijo Sam, frenética—. ¡Por favor, ayúdenos! Sólo estamos tratando de llegar a casa.

—Por supuesto, cariño. ¡Vamos, entren!

Becca, Nikki y Rachel se amontonaron en el asiento trasero. Sam se sentó al frente, junto a la señora Charlotte.

—Ustedes, niñas, no deberían salir tan tarde. Y sobre todo, no intentar regresar de esta manera. No es seguro —dijo la señora Charlotte, avanzando lentamente por la carretera—. ¿Qué pasó ahí afuera esta noche? ¿Saben sus padres dónde están?

Ninguna de las chicas respondió, y en lugar de insistir en el tema, la señora Charlotte hizo lo más piadoso y ahogó el silencio incómodo encendiendo la radio. Madonna pronto rompió la estática.

Ese mismo día, más temprano, Sam le habría pedido que cambiara de estación, reafirmando una personalidad gótica que en realidad no era ella. Pero después de esta noche, tras toda la "diversión" de una experiencia cercana a la muerte en el bosque, decidió que las Hijas de la Oscuridad no eran lo suyo después de todo.

Tal vez le gustaba Madonna. Y tal vez le gustaba vestirse de rosa en lugar de negro. Quizá ella era "una cuadrada". Una solitaria.

Sam bajó la ventanilla para dejar entrar un poco de aire fresco. Escuchó a Madonna cantar sobre el amor verdadero y los primeros besos, y se sintió normal por un breve instante.

Hasta que sus ojos notaron que una valla metálica aparecía de la nada. Bloqueaba el bosque oscuro de esta sección del camino y tenía siniestros anillos de alambre de púas en la parte superior. ¿Había estado al otro lado de la valla toda la noche y ni una sola vez se había dado cuenta?

Miró más de cerca la escena que se extendía ante ella a sesenta kilómetros por hora. Allí, en la valla que rodeaba el bosque, notó una señal. Una que advertía claramente:

LABORATORIO DE HAWKINS. PROPIEDAD PRIVADA

MANTÉNGASE AL MENOS A 100 METROS DE DISTANCIA

—Espera un segundo —dijo Lucas, devanándose los sesos—. Ha pasado un tiempo desde que alguien desapareció, hasta donde sabemos. ¿Inventaste esa historia? No recuerdo ninguna chica gótica en la escuela llamada Sam. O Tara.

Max le dedicó una mirada de exasperación.

—Oh, así que hemos estado monitoreando a todas las chicas góticas en la Preparatoria Hawkins, ¿cierto? ¿Eso es lo que tú y tus compañeros de equipo hacen después de la práctica?

—¡No! ¿Qué? Yo... yo sólo estaba... —balbuceó Lucas agradecido de que las luces estuvieran apagadas, para que Max no pudiera verlo sonrojarse—. Sólo estoy verificando *tu* historia. ¡Estoy interesado en lo que *tú* tienes que decir!

Erica le quitó la linterna a Max y la encendió de nuevo bajo su propio rostro.

—Déjenme ver si entiendo: ¿se la han pasado inventando cosas toda la noche? —luego apuntó la luz por los otros rostros de la tienda—. ¿Las brujas? ¿Los monstruos marinos? ¿El tipo en la pared? ¿Nada de eso sucedió?

Todas las voces salieron a la vez, en una ráfaga. Un lío confuso de *¡Es verdad!* y *¡Por supuesto que es real!* y *Sí sucedió, sólo pregúntale a...*

—¡HEY! —gritó Erica, silenciando al grupo en un instante. Sostuvo la linterna bajo su barbilla—. Ya me harté de los cuentos de fantasía para niños. Es hora de subir de nivel. ¿Quieren escuchar algo que es ciento por ciento aterrador, por completo desquiciado y, además, cierto?

Erica tomó el silencio por respuesta como un desafío.

—Les contaré lo que he escuchado... sólo absténganse de discutir, no me interrumpan, ni hagan nada de lo que ustedes suelen hacer...

NO TE PONGAS
PESADO

Jerry fingió estar dormido.

Había tenido mucho tiempo para practicarlo... siete meses, para ser exactos. Y en ese lapso había conseguido dominar su rutina de la misma manera en que un actor aprende a interpretar un papel, *convirtiéndose* eventualmente en el personaje. Insistía en que estaba demasiado cansado para ver la televisión con la familia después de la cena, cepillaba sus dientes y luego rodaba hacia la cama.

Jerry usaba silla de ruedas.

Eso no era parte del personaje. Ésa era su vida real. Pero eso no lo frenaba. De hecho, la silla lo hacía más veloz. Y lo ayudaba a mantenerse sigiloso durante sus pequeñas actuaciones. Podía deslizarse silenciosamente dentro y fuera de su casa a todas horas de la noche sin que nadie lo notara. Pero eso era *después* de que realizaba su gran "escena durmiente". Entraba rodando en su habitación, encendía las luces y se metía en la cama. Luego escuchaba en silencio los pasos en el pasillo. Era entonces cuando comenzaba su actuación.

Jerry no cerraría los ojos demasiado fuerte. Eso habría sido un signo delator. Hacerlo es la causa de que descubran a los niños cuando fingen estar enfermos. Jerry sabía que todo estaba en los ojos. Bajaba sus párpados con calma, relajaba su rostro y permanecía por completo inmóvil, con la boca ligeramente abierta. Eso era lo que vendía la ilusión. Bueno, eso y su respiración. El primer instinto de un niño sería roncar como un personaje de dibujos animados. Ése era un error de novato. Jerry sabía que debía respirar lento y regularmente. Para el ojo de los padres inexpertos, parecía que había quedado noqueado. Su mamá caía cada vez. Ella le plantaba un breve beso en la mejilla, lo arropaba y cerraba la puerta. Él parecía un pequeño ángel dormido.

Salvo que estaba enloqueciendo en silencio. Fingir que estaba asustado en cada momento del día era otro acto en el que se había vuelto muy bueno.

No lo sabrías al ver su "cara dormida", pero el corazón de Jerry comenzaba a acelerarse a la espera de la familiar sucesión de sonidos que se escuchaba cada noche. Primero venía el tintineo de las llaves, luego la puerta al abrirse, luego el motor de esa horrible camioneta, ahogándose al ser encendido en el camino de entrada. Ésa era su señal para salir de su personaje y ponerse en posición.

Se ajustaba los lentes, se sentaba sigilosamente en su silla y se acercaba a la ventana, un punto de vigilancia perfecto para observar el camino de entrada. Pasaban unos momentos hasta que veía la silueta de un hombre vestido con un traje para materiales peligrosos que salía de su casa rumbo a la cochera contigua. El hombre reaparecía con un tanque de líquido misterioso cargado a su espalda y extrañas herramientas en sus manos: varillas, rociadores y discos. Después de dejar el equipo a un lado por un momento, el hombre del traje para materiales peligrosos saldría en el Insectomóvil.

Todos en su calle conocían el Insectomóvil. Era una vieja camioneta blanca con una cucaracha falsa gigante encima. El mensaje en el costado de la puerta decía ¡NO MÁS BICHOS! Columnas de gases salían del tubo de escape cuando el vehículo chirriaba. Los ruidos de la máquina despertaban a muchos niños de sus sueños.

El Insectomóvil vivía en el camino de entrada de la casa de Jerry, porque el Exterminador vivía en la casa de Jerry. Era Charlie, su nuevo padrastro, quien vestía el traje para materiales peligrosos y cargaba el equipo de aspecto alienígena en el asiento delantero de su auto.

Pero ¿quién extermina insectos por la noche? Jerry se preguntaba todo el tiempo. *Y si los mata, ¿qué trae consigo cada mañana en esas bolsas gigantes? ¿Por qué mantiene la cochera cerrada con llave? ¿Y por qué él siempre huele a muerto?*

Esas preguntas, junto con muchas otras, fueron las que impulsaron a Jerry a fingir que dormía. Lo había estado haciendo para espiar a Charlie durante meses, pero no estaba más cerca de descubrir lo que su padrastro realmente hacía al

anochecer. Y no era como si pudiera preguntarle. No tenía ese tipo de relación con su padrastro.

Además, Charlie daba un poco de miedo.

Con más de metro ochenta de altura, y sus casi ciento cuarenta kilogramos de peso, era como un rascacielos en movimiento para cualquier niño de doce años. Se peinaba el cabello hacia atrás y se rociaba demasiada colonia en su muy enjoyado cuerpo, además cargaba siempre con un juego de llaves que colgaba de una cadena de plata alrededor de su cuello. Casi nunca se la quitaba. Sumen todo eso y ahí tienen a un tipo que parecía un secuaz de villano de historieta más adecuado quizá para romper cráneos que para perseguir insectos. Pero, a pesar de su apariencia, Charlie era un buen tipo, al menos para la madre de Jerry, Nadine. Se habían conocido en una feria comercial en el Centro de Exposiciones de Hawkins. Ella había estado allí vendiendo pesticidas, y él comprándolos. Se agradaron y comenzaron a salir, y entonces, hacía siete insoportables meses, se habían casado. Jerry se recuerda, molesto, en plena iglesia, preguntándose por qué Dios había permitido que eso sucediera.

¿Por qué, Dios?, pensó Jerry. *¿Por qué permitiste que mamá se casara con un asesino?*

SE ENCUENTRAN RESTOS DE CAMARERA; LA FAMILIA TEME LO PEOR

Jerry echó otra cucharada del cereal de Pac-Man en su boca, con los ojos fijos en el aterrador reportaje en la primera plana del *Hawkins Post*. El chico sopesaba cada detalle: *Mariel Winter, una joven camarera, había desaparecido hacía diez días. Después de que no se presentó a trabajar, su auto fue encontrado en un depósito de chatarra con rastros de sangre en el asiento trasero...*

Los ojos de Jerry dejaron la historia por un instante para buscar en la mesa y encontrar la caja de cereales, lista para una segunda ración. Vertió con una sola mano la mezcla multicolor con la mayor gracia posible, con cuidado de no hacer demasiado ruido. No quería despertar a Charlie que estaba, a menos de seis metros de distancia, durmiendo en el sofá.

Levantó el periódico una vez más y siguió leyendo: *...Días después* —es decir, esa mañana—, *la policía de Hawkins descubrió el dedo índice amputado de Winter en un lote abandonado detrás de la tienda de donas donde trabajaba. ¿Es ésta la obra del Destripador de Hawkins?...*

—En verdad me encantaría que te limitaras a leer las tiras cómicas —susurró una voz.

Una mano descendió sobre el periódico, apartó lentamente la primera plana de la vista de Jerry, y lo aplastó sobre la mesa. Era Nadine, la madre de Jerry. Todavía llevaba rulos para rizar su cabello. Tomó la primera plana y cambió su lectura por las historias de Ziggy y de Garfield.

—No quiero que leas cosas asquerosas antes de la escuela. Ya es bastante malo que veas esas películas de terror.

—Me asustan menos esas películas de terror que los horrores que suceden en esta casa —dijo Jerry.

—Baja la voz —le advirtió Nadine en un susurro tenso. Asintió hacia Charlie como recordatorio, antes de agregar—: ¿Y qué se supone que significa eso?

—*Significa*... ¿qué hace Charlie todas las noches?

—No empecemos con esto otra vez —dijo Nadine, poniendo los ojos en blanco—. Charlie trabaja...

—Lo sé, él está, "trabajando", pero ¿por qué huele como... a perro muerto cuando llega a casa?

—¿Cómo sabes a qué huele un perro muerto?

Ahí su madre se anotó un buen punto.

—No lo sé, ¿de acuerdo? Pero, mamá, tienes que admitir que huele... *raro*.

—Los pesticidas que emplea están hechos de sustancias fuertes. Eso hace que huela mal cuando regresa a casa, pero mejora después de unas cuantas duchas. Ahora, baja la voz, porque no quiero que lo despiertes. Trabaja hasta muy tarde para ayudar a mantener a esta familia, y es lo suficientemente consciente de su olor a insecticida, así que no tiene necesidad de escucharte mencionarlo todas las mañanas.

La madre de Jerry alborotó el cabello de su hijo en un gesto juguetón y comenzó a preparar su almuerzo.

—¿Tus amigos vendrán a la parrillada este fin de semana? Necesito saber cuántos son para asegurarme de que tendremos suficiente carne y bollos para hamburguesa.

—Haré un recuento de personas —dijo Jerry en voz baja empujando su tazón hacia el fregadero—. Estoy seguro de que todos están ansiosos por probar las insectoburguesas de Charlie.

—Suficiente. No son hamburguesas de insectos.

—¿Cómo lo sabes?

—¡Porque eso es ridículo!

—¿Más ridículo que un exterminador que trabaja exclusivamente de noche?

—Él no puede rociar las oficinas mientras la gente está ahí trabajando. Es sólo natural, si lo piensas.

—¡¿Si lo pienso?! Tú piensa en esto —dijo Jerry con un fuerte susurro. Alisó el periódico arrugado para mostrarle a su madre la primera página—: Esta mujer trabajaba en la tienda de donas que Charlie visitó la semana pasada. Ahora está desaparecida. ¿Coincidencia? No lo creo. La otra persona desaparecida antes de ella estaba en la estación de autobuses. ¿No estuvo él rociando allí también? Mamá, creo que Charlie está...

—¡Suficiente! —dijo Nadine, furiosa, tratando de mantener baja la voz—. Será mejor que empieces a darle a Charlie una verdadera oportunidad aquí. Ahora, deja de fastidiarme con eso.

Nadine se alejó, parecía en verdad molesta.

Jerry tomó la bolsa con su almuerzo y salió de la cocina, pero se detuvo cuando vio que Charlie le lanzaba una mirada desde el sofá.

Había estado fingiendo dormir todo este tiempo.

Después de algunas noches más de simular que dormía y de espiar a través de su ventana hasta antes del amanecer, llegó el día de la parrillada. Era un sábado soleado. Los aspersores estaban encendidos. Se escuchaban canciones de Madonna y Bruce Springsteen. El patio trasero repleto de parejas y de chicos de diferentes edades. Los más pequeños —hijos de las amigas de Nadine— estaban todos apiñados alrededor del Insectomóvil, posando para tomarse fotos. Fue una brillante idea de Charlie dejarla estacionada en el camino de entrada con las puertas abiertas para las sesiones fotográficas.

En cuanto al Exterminador, se encontraba atendiendo la parrilla y siendo amable con los vecinos y algunos de los compañeros de trabajo de Nadine. Desde lejos, ciertamente se veía como el Señor Perfecto. El alma de la fiesta. Esta multitud hablaría con él sobre pesticidas y bombas de insectos de la misma manera que los ricachones se recomendarían vinos finos.

Ah, una fina lata de Raid del '59, imaginó Jerry que dirían, olfateando el aroma del rociador. *Esto hará un buen maridaje con mi infestación de cucarachas.*

Jerry soportaba todo esto, mientras observaba la escena con disgusto desde una distancia segura: la ventana de su dormitorio. Su amiga Ronnie estaba allí hojeando el último número del *Hawkins Post*. Otro reporte de seguimiento sobre la camarera desaparecida, pero todo en tiempo pasado.

—Entonces... ¿ya le dijiste a tu mamá? —preguntó Ronnie.

—¿Decirle qué? —replicó Jerry.

—Acerca de su reunión con el señor Deere.

—Él dijo que la llamaría el lunes.

—No puedo creer que hayas involucrado a nuestro consejero en esto. ¿Realmente va a llamar a la policía con una pista anónima sobre Charlie? ¡Tu mamá va a enloquecer, Jerry! ¡Y él también!

—¡Tenía que involucrar a la policía de alguna manera! —dijo el chico, dándose la vuelta—. Mamá no va a creerme. Demonios, me tomó como seis meses para finalmente convencerte, y tú eres mi mejor amiga. Él es un asesino. Tú lo sabes y yo lo sé.

—Es tu palabra contra la suya. Necesitas más que eso. Necesitas pruebas.

Jerry escudriñó el camino de entrada nuevamente, observando a Charlie con atención, cuando notó algo. Algo importante.

—He estado mirando al tipo durante todo el día, no puedo creer que no me haya dado cuenta antes... no hay nada alrededor de su cuello —dijo Jerry, pensando en voz alta.

Ronnie estaba confundida.

—¿Eh?

—Charlie siempre se cuelga las llaves de su cochera al cuello. Siempre están tintineando en una cadena cuando camina por ahí. ¡Pero no las lleva ahora! Eso debe significar que están por ahí, en alguna parte. Tenemos que encontrarlas y colarnos en la cochera. Si existen pruebas, allí estarán.

Ronnie miró a Jerry con nerviosismo. Una cosa era hablar de las supuestas malas acciones de Charlie, pero otra era hacer algo al respecto. Esto se sentía peligroso.

—Es ahora o nunca. ¡Debemos actuar antes de que mate a alguien más! —dijo Jerry.

El chico salió rodando de su recámara hacia la habitación principal, al final del pasillo. Ronnie actuaría como vigilante mientras Jerry rápidamente se deslizaba dentro y comenzaba a abrir cajones. Su nariz fue recibida de inmediato con ese horrible hedor a muerte: el olor provenía de la canasta de ropa sucia, en la esquina de la recámara. Pensó en su pobre madre que tenía que compartir habitación con eso. ¿Cómo lo soportaba?

Jerry se cubrió la nariz con una mano y siguió buscando con la otra. Abrió un cajón y levantó una pila doblada de camisas de trabajo de Charlie, y entonces lo encontró, escondido en el fondo: un juego de llaves en el extremo de una larga cadena de plata. Lo agarró y llamó a su amiga:

—¡Ronnie, lo encontré! ¡Con esto lo atraparemos!

Jerry se dio la vuelta y se quedó congelado... Charlie estaba parado ahí, mirándolo fijamente, con un toque de ira en sus ojos. Dio un paso adelante bloqueando la ruta de escape de Jerry.

—¿A *quién* atraparán? —preguntó Charlie.

—Yo, eh... —tartamudeó Jerry entrando en pánico. Podía ver a Ronnie en el pasillo. Estaba muerta de miedo—. Yo estaba, ehhh... nosotros estábamos... jugando. Como a encontrar el tesoro o algo así.

—¿Y eso implicaba colarse en mi habitación y robar mis llaves?

Jerry podía sentir cómo su rostro se sonrojaba. Todo su cuerpo temblaba de miedo.

—No robamos, sólo jugamos. No quise decir nada con eso. Las devolveré a su lugar.

Charlie dio un gran paso adelante, lo que obligó a Jerry a volver a entrar en la habitación, y cerró la puerta. Jerry vio a Ronnie desaparecer de su vista.

Charlie se inclinó hasta quedar a la altura de los ojos de Jerry. El Señor Perfecto no estaba bromeando ahora. Había algo intenso en él. Jerry podía sentir su rabia contenida. Y en voz baja, le dijo:

—Te estás convirtiendo en una *plaga*, ¿no es así?

Jerry no respondió. No sabía cómo hacerlo. Lo cual sólo hizo que Charlie se molestara todavía más.

—Responde cuando te estoy hablando, *Rueditas*.

Jerry no había escuchado insultos que incluyeran su silla en mucho tiempo. Él también pudo sentir que su ira crecía ahora, casi compitiendo con la de Charlie.

—Oh, yo ya hablé, Charlie. Ya hablé con algunos en mi escuela y ellos están hablando con la policía. Tu reinado de terror ha terminado. Y te tengo una noticia de última hora: ¡apestas! No puedes tocarme. La policía vendrá y encontrarán los cuerpos…

Charlie negó con la cabeza y comenzó a reír.

—¿Los cuerpos? ¿Qué cuerpos?

—Los cuerpos que apilas en nuestra cochera. ¡Tú los pusiste allí, psicópata asesino! —gritó Jerry—. No dejaré que vuelvas a matar.

—¿Qué está sucediendo aquí? —preguntó alguien, abriendo la puerta. Nadine.

Charlie se iluminó de repente, convirtiéndose en una persona completamente diferente.

—Jerry cree que guardo cadáveres en la cochera. Dice

que va a llamar a la policía para que vengan por mí. Quizá deberías amordazarme antes de que haga algo malo, cariño.

Nadine parecía avergonzada.

—Jerry, por favor, no...

—¡Mamá, tienes que creerme! Él es el Destripador de Hawkins. ¡Es él! ¡Lo juro! —gritó Jerry, mostrándole las llaves—: Sólo tómalas, ve a la cochera y lo verás. Encontrarás los cadáveres.

Nadine dio un paso al frente en silencio y tomó las llaves de las manos de Jerry.

—Estoy tan harta de esto. Vamos a arreglar las cosas entre ustedes dos de una vez por todas.

Jerry se reunió con Ronnie en el pasillo, mientras seguían a Nadine. Cuando salieron al patio, estaba claro que la fiesta se había detenido. No había música. No había risas. El estado de ánimo se sentía pesado, con ese aire incómodo después de que estalla una pelea o alguien dice algo incorrecto. Sólo había filas y filas de vecinos, colegas y otros niños mirando a Nadine abrirse paso entre la multitud. Todos los ojos estaban fijos en lo que estaba a punto de ocurrir.

Charlie finalmente salió de la casa, justo en el momento en que Nadine abría la cerradura maestra. Jerry sujetó el brazo de Ronnie con aprensión, emocionado y aterrorizado en igual medida, expectante por ver qué infierno les esperaba al otro lado de la puerta de la cochera.

La luz del sol se precipitó en el interior. Cuando se acercó a su madre, Jerry sintió que se le encogía el corazón al darse cuenta de que allí no había más que herramientas y cajas. El equipo de Charlie para rociar insectos estaba colocado sobre una lona en el suelo, como si estuviera en exhibición. En verdad, nada oculto. Las varillas y los rociadores y las bombas de insectos simplemente acomodadas allí. Pero eso era lo único que podía clasificarse como "diferente" en esta dispersión de porquería suburbana promedio. Total y completamente inocente.

—¿Dónde están los cadáveres? —oyó decir a Charlie desde la multitud a sus espaldas.

Pronto, Charlie se reunió con Nadine fuera de la cochera y se dirigió a los asistentes a la fiesta.

—Mi hijastro, Jerry, dijo que creía haber visto cadáveres aquí. Cree que soy un asesino en serie. El chico ha estado viendo películas de terror y leyendo revistas de monstruos con Freddy Krueger ahí metido, pero de alguna manera soy yo el que da miedo. Él ha estado contando en su escuela todas estas historias sobre mí, piensa que voy a asesinarlo.

Jerry miró a su alrededor, encogido de vergüenza. Podía sentir la mirada de todos sobre él, juzgándolo.

—Bueno, ¿vas a acabar con él? —preguntó un viejo vecino—. ¿Eres un hombre peligroso, Charles?

Y sin perder el ritmo, Charlie volvió a convertirse en el Señor Perfecto con una gran sonrisa:

—Sólo si tienes más de dos piernas.

La multitud rio.

Eso fue brutal.

Nadine cerró la puerta de la cochera y cruzó los brazos hacia Jerry. En su más severo tono de madre, le dijo:

—Le debes una disculpa a Charlie.

Al día siguiente, Jerry se disculpó.

No mencionó la aterradora confrontación en la recámara, o cómo Charlie había tratado de intimidarlo. No habría tenido sentido. No después de que había quedado en semejante ridículo frente a todos los que conocía dentro de un radio de doce manzanas. Gracias a Ronnie, los compañeros de clase de Jerry se enteraron de lo que había sucedido, lo que significó que una versión de los hechos recorrió la escuela como en el juego del teléfono descompuesto, y al final llegó a los profesores, al director y sí, incluso al consejero escolar, el señor Deere. El mismo hombre en el que Jerry había confiado desde el principio. Jerry consideraba a Deere un verdadero aliado para su causa.

El señor Deere ahora pensaba que Jerry era un gran mentiroso.

No se levantó el teléfono para alertar a la policía de Hawkins sobre Charlie.

Jerry había gritado lobo demasiadas veces, y ya nadie parecía escucharlo. El mundo entero lo había hecho a un lado. Al menos, así era como se sentía. Sobre todo durante los siguientes días, cuando su madre dejó caer una bomba sobre él.

—Debo ir a Cincinnati para un viaje de negocios —le dijo Nadine mientras empacaba sus cosas—. Volveré el domingo.

Jerry se quedó allí sentado, en su silla, a mitad del pasillo. Aturdido.

—¡¿El domingo?! Pero eso son cuatro días de... de...

—¿De estar solos tú y Charlie? Lo sé. Será la oportunidad perfecta para que ustedes dos se conozcan y limen asperezas, sin mamá de por medio. Creo que algo de tiempo hombre-a-hombre en verdad te hará bien. Ahora, pásame ese rizador.

Jerry ayudó robóticamente a su madre a empacar, no hubo más protestas. Ella tal vez pudo haber compartido algunas historias de trabajo o haberle enseñado a calentar su cena si estaba solo en casa, pero si lo hizo, él no escuchó nada de eso. No podía concentrarse. Su visión se volvió borrosa. La habitación parecía dar vueltas. *Olvídate de fingir que duermes,* pensó Jerry. *Nunca volveré a dormir. No mientras Charlie y yo estemos solos bajo el mismo techo.*

Esa noche hacía frío.

El humo del escape del Insectomóvil se desprendió en bocanadas visibles. Rayos de luz de luna iluminaron una familiar silueta en la neblina: un hombre con un traje para residuos peligrosos.

Jerry lo observó todo en secreto, desde su ventana, como lo había hecho cien veces antes. Pero esta noche sería diferente. Atacaría mientras Charlie estaba en el trabajo, antes de que tuviera la oportunidad de limpiar la cochera o esconder lo que había realmente dentro de esas bolsas gigantes que Jerry lo había visto arrastrar por el concreto.

Sé que guardas algo ahí, pensó Jerry. *Tal vez hayas engañado a los demás, pero no a mí.*

Jerry ni siquiera necesitaría molestarse en quitarle las llaves a Charlie. *Me lanzaré con todo*, pensó, planeando romper la cerradura a golpes. Había visto a un ladrón de autos hacer algo así en un episodio de *Los Magníficos* y se había dado cuenta de que existía todo un mundo de formas creativas de abrir puertas. Previamente, cuando llegó a casa de la escuela, había rebuscado en un cajón de la cocina y allí lo encontró, debajo de ligas y blocs de notas y demás menudencia: un martillo viejo y polvoriento que su madre tenía a mano para colgar los cuadros en la casa.

El sonido de las puertas de la camioneta cerrándose de golpe hizo que Jerry volviera a prestar atención. Observó a Charlie ponerse al volante del Insectomóvil y desaparecer en la oscuridad de la noche. Jerry respiró hondo y esperó diez largos minutos después de haber visto la gran cucaracha falsa de la camioneta desaparecer a lo lejos.

El terreno estaba libre. El momento era ahora.

Jerry tomó el martillo y una linterna, y salió. Por el camino de la entrada, esperando ser arrancada como una cereza en un árbol, estaba la cerradura de la puerta de la cochera.

El "taller" de Charlie.

Jerry sacó el martillo de la funda trasera de su silla y lo levantó con un movimiento nervioso. Su corazón estaba acelerado. Las bocanadas de su cálido aliento empañaron los cristales de sus anteojos. Estaba a punto de cruzar una línea, y lo sabía. El castigo sería severo si lo atrapaban, pero él haría que valiera la pena. Sobre todo, si podía salvar una vida.

O al menos, probar que había tenido razón sobre Charlie todo el tiempo.

La cochera tenía que ser explorada, sin importar lo que pudiera encontrar allí.

Jerry balanceó el martillo hacia abajo.

El golpe de acero contra acero resonó en el oscuro vecindario. Tuvo que golpear dos veces más antes de que la cerradura se rompiera y cayera en pedazos en el camino de entrada.

La puerta de la cochera retumbó como un trueno cuando Jerry la abrió. Encendió la linterna. Sonó como si algo se escabullera entre las sombras para evitar el haz de luz indiscreta. Jerry entró y vio que la cochera lucía tan limpia como el día de la parrillada. Nada más que un suelo vacío y brillante, y algunas herramientas y tanques usados colocados sobre una lona a un lado. Apuntó la linterna a la pared trasera y no vio más que grandes láminas cuadradas de madera.

Jerry pudo sentir que su mandíbula se tensaba.

¿Charlie era en realidad un buen tipo que no tenía absolutamente *nada* que ocultar? ¿Jerry había inventado todo esto por los celos de que su madre volviera a casarse? ¿Dónde estaban las sábanas empapadas de sangre? ¿Los cadáveres mutilados? ¿El estante de las herramientas de tortura?

—¿Dónde está la *evidencia*? —preguntó Jerry en voz alta hablando solo.

Suspiró, mientras se daba media vuelta para regresar en su silla a la oscura casa.

Y entonces, sucedió. El ruido que había oído antes, se deslizó de nuevo. El sonido de pequeños pies de ratón arañando

123

contra una superficie plástica. ¿El Exterminador tenía plaga de ratas en casa? *Qué ironía*, pensó Jerry.

Se dio la media vuelta otra vez para mirar hacia la fuente del sonido. Parecía provenir de detrás de las láminas de madera. Jerry equilibró la linterna entre sus dientes y utilizó sus manos para empujar la madera a un lado.

Había una puerta.

Jerry estuvo a punto de romperse un diente al morder el mango de la linterna. Estaba mirando una puerta secreta oculta en la pared trasera de la cochera. En el momento en que se abrió, fue golpeado por ese *olor de Charlie*. Su madre había dicho que el olor provenía de los compuestos de los pesticidas. Pero Jerry creía que esto picaba las fosas nasales más que cualquier químico.

Olía como si algo hubiera *muerto*.

Jerry atravesó la entrada en su silla, esquivando algo que casi lo golpea en la cara. Levantó la linterna esperando ver una telaraña. En cambio vio un destello de acero rebotando hacia él.

Era una cadena para encender una lámpara.

Extendió la mano y le dio un tirón. El foco brilló y reveló la pequeña habitación secreta a su alrededor.

Y el montón de huesos en la esquina.

Jerry intentó gritar, pero lo único que salió fue una sucesión de sonidos ahogados de pánico desde la parte posterior de su garganta. Estaba mirando una especie de santuario inquietante, uno que parecía estar en movimiento debido a todas las ratas que se arrastran a su alrededor, que roían los huesos. Los animalejos peludos se deslizaban contra una extraña superficie de plástico debajo de ellos. Fijado a la pared sobre esta escena inquietante, como un trofeo en exhibición, había un pequeño rectángulo de plástico. Era de color rojo encendido con marcas blancas.

Una etiqueta de identificación.

Jerry se acercó para verla mejor. Se leía MARIEL.

¿Mariel? Sintió como si su corazón hubiera dejado de latir.

—¿La camarera de las noticias? ¡La camarera que ha estado desaparecida!

Se suponía que Mariel Winter sólo existía en los titulares de un periódico matutino, no apuntalando la parte trasera de la casa de Jerry como alimento para ratas. Luchó contra las lágrimas y levantó la cabeza. Ésta era la evidencia que necesitaba para finalmente llevar a Charlie ante la justicia. Se tragó su miedo y comenzó a intentar bajar la etiqueta con el nombre, pero fue inútil. No estaba simplemente clavada en la pared, como había creído. Parecía estar atascada allí.

No, no sólo atascada.

Adherida.

Algunas de las ratas también. Parecían estar literalmente pegadas al piso. Observó cómo intentaban arañar y morder su camino hacia la libertad, pero era inútil. Era como si lo que sea que cubría el suelo hubiera sellado sus cuerpos para siempre, dejándolas chillar de dolor mientras intentaban liberarse.

Jerry quería escapar, alcanzar un teléfono y llamar a la policía, pero no podía mover sus ruedas. Ni siquiera podía hacer que su silla rodara. Sus llantas estaban adheridas a la misma sustancia pegajosa. Eso parecía cubrir toda el área. Los muros. Los techos.

El piso.

La linterna de Jerry iluminó un rastro de terror que conducía desde los huesos hasta un tramo lleno de insectos muertos que habían tenido la desafortunada suerte de volar y quedar atrapados contra los paneles de pegamento industrial. El pulso de Jerry se aceleró cuando la horrible verdad comenzó a asentarse. Esto no era un taller. Ésta era una gigante trampa de pegamento, un motel de cucarachas de tamaño natural, donde la gente se registraba, pero nunca salía.

Charlie no exterminaba insectos; él había estado exterminando *personas* como si fueran insectos.

Temblando de miedo, Jerry se arrojó de la silla decidido a gatear hasta ponerse a salvo si era necesario. Pero una vez que golpeó el suelo, su ropa y sus manos se adhirieron de inmediato a la superficie. Gritó mientras trataba de retirar su mano desnuda de la capa pegajosa. Se sentía como si fuera a arrancarse la piel de la palma de la mano. No podía soportar el dolor. No podía liberarse, y mucho menos gatear.

—¡Ayuda! —los gritos de Jerry resonaron, rebotando en las paredes—. **¡AYUDA!... ¡AYUDA!... ¡AYUDA!... ¡AYUDA!...**

—Parece que alguien está en una situación *pegajosa* —escuchó una voz familiar detrás de él.

Jerry estiró el cuello y vio una figura grande e imponente atravesar la puerta cubierta de pies a cabeza con un traje de plástico para residuos peligrosos. Sollozó.

—¡¿Qué me vas a hacer?!

Charlie levantó una varita rociadora, apuntando su boquilla hacia el rostro de Jerry.

—Esto es lo que te consigues... por ser una pequeña *plaga*.

—Quieto ahí —gritó otra voz desde la oscuridad.

Charlie se quedó congelado.

Jerry vio el haz de luz de una linterna brillando a través de la puerta. Reconocería esa voz en cualquier parte. ¡Era Ronnie!

—La policía ya viene en camino, y mis padres saben que estoy aquí, así que si algo me pasa a mí o a Jerry... —dijo con tono amenazador mientras miraba fijamente a Charlie.

Charlie dejó caer la varita rociadora y retrocedió con cuidado hacia la pared.

—Jerry, ¿estás bien allá atrás? —preguntó Ronnie, con los ojos fijos en el asesino.

—¡Estoy pegado! —respondió él, aliviado de que la pesadilla hubiera terminado antes de que pudiera empeorar. Mientras las sirenas de la policía aullaban a lo lejos, Charlie se arrojó repentinamente contra la pared y salió del taller a la fuerza a través de un panel de revestimiento suelto. Se desprendió con un chirrido como de uñas sobre un pizarrón.

Y así nada más, el Exterminador salió corriendo hacia la noche, escurriéndose entre las sombras como una cucaracha.

—Cuidado, cuida tus pasos —dijo Jerry a Ronnie señalando los paneles de pegamento pegajoso en el piso. Él la miró, sentía la cabeza nublada—. ¿Cómo supiste que...?

—Te he estado vigilando desde la fiesta —explicó ella—. Creo que porque, en el fondo, sabía que algo *sí* estaba mal.

Se trepó con cuidado a la silla de ruedas para evitar tocar el piso y se quedó con él hasta que llegó la policía.

—Mi mamá llamó a tu mamá —le dijo tratando de calmarlo lo mejor que pudo—. Ella también está en camino. Ahora lo sabe todo, Jerry. Todos lo sabemos.

Jerry exhaló. El peso de los últimos meses por fin ya no estaba sobre sus hombros.

Las oscilantes luces rojas y azules deberían haber sido suficiente para vencer sus miedos. Pero no era así. Sólo miraba el agujero dentado en el costado del taller. Ese agujero traía consigo una sensación que molestaría a Jerry por el resto de sus días.

La sensación de que Charlie todavía estaba allá afuera.

En algún lugar.

—Y ésa, mis amigos, es la razón por la que Jerry Loomis ya no volvió a la secundaria Hawkins —dijo Erica en un tono grave—. Porque el Exterminador finalmente lo atrapó.

Apagó la linterna y dejó que el espeluznante silencio llenara el lugar.

—¿Eso es... verdad? —preguntó Robin, horrorizada.

—¡Mentira! —dijo Lucas, estirándose para tomar la linterna. Érica intentó conservarla, pero él luchó para quitársela de las manos.

—¡No lo es! —protestó Erica.

—¡Lo es! —argumentó Lucas—. Ese niño Loomis, el de la silla de ruedas, se mudó porque su madre fue transferida a un nuevo trabajo. Yo lo sé porque estaba *allí* cuando se lo contó a nuestra madre en su fiesta de *despedida*.

Erica trató de recuperar la linterna.

—¿No son todas las fiestas una fiesta de *despedida* si ocurren justo antes de que te asesinen?

Lucas se encargó de aclarar la historia.

—Erica también está obsesionada con el motel de cucarachas. Claro indicio. A ella le encanta citar el comercial: *"Las cucarachas se registran, pero nunca salen"*.

—Pero la camarera desaparecida... —dijo Nancy recordando la noticia—. Eso pasó. Lo leí en el *Hawkins Post*.

—Sí, ella también lo leyó —dijo Lucas—. No dejes que te engañe.

—Tonto *nerd* —dijo Erica, y se rindió finalmente con el asunto de la linterna.

—¿Ahora ven con lo que yo tengo que lidiar? —dijo Lucas—. Las ventajas de ser un hermano mayor.

Lucas volvió a encender la linterna.

—Y eso, de hecho, me recuerda una historia que papá solía contarme cuando era pequeño. Era sobre dos hermanos, y...

DOS ALMUERZOS

Dos de todo.

Eso era lo que el hermano pequeño de Troy, Danny, había estado pidiendo durante los últimos días. Dos sándwiches, dos manzanas, dos galletas.

—Dos almuerzos —decía Danny.

Normalmente, Troy le habría dicho a Danny que se esfumara y luego él se habría ido a pasear por la ciudad con sus amigos. Tal vez se habría fumado un cigarro a hurtadillas. Tal vez habría echado un vistazo a las chicas en la piscina pública. Pero no este verano. Danny todavía era demasiado pequeño para quedarse solo, y no había dinero extra para pagar una niñera, no desde que papá se fue y mamá se vio obligada a hacer turnos dobles en el restaurante sólo para ganar lo suficiente para mantener a sus dos hijos.

Así que Troy estaba a cargo.

Sus deberes consistían en cuidar a Danny. Y desde la mañana hasta la noche, eso era lo que hacía: asegurarse de que Danny no se matara accidentalmente tras saltar del techo o haciendo tonterías en el patio trasero, además, por supuesto, de mantenerlo bien alimentado.

Danny está en etapa de crecimiento. Así era como explicaba mamá que Danny pidiera dos almuerzos en lugar de uno. Pero Troy tenía un presentimiento extraño sobre aquello. Por un lado, en realidad nunca veía a Danny comer lo que pedía. Él le entregaba a su hermano pequeño dos almuerzos en bolsas separadas —según sus instrucciones específicas: *Dos bolsas separadas, por favor*—, y luego observaba cómo las llevaba rumbo al arroyo, no muy lejos de su casa. Hasta donde él sabía, Danny bien podría estar arrojando los almuerzos en el arroyo, o alimentando a los patos con la comida que tanto esfuerzo le costaba a su mamá.

Tal vez, pensó Troy. *O tal vez yo debería sentirme feliz de que el pequeño y tonto flacucho por fin esté pidiendo comida en lugar de sólo jugar con ella.* Danny era pequeño para su edad: tal vez pesaba unos veintisiete o veintiocho kilos, cuando mucho, y era realmente bajo.

Entonces, ¿se estará comiendo dos almuerzos?, se preguntaba Troy. *¿O estará alimentando a alguno de sus escuálidos amiguitos? Pufff, sí, claro. Como si tuviera amigos.*

Un día, sólo por curiosidad, Troy le preguntó a Danny si podía acompañarlo y almorzar con él junto al arroyo.

—Me encantaría, pero... no estás invitado —le respondió Danny. Luego tomó los dos almuerzos y salió corriendo por la puerta trasera antes de que Troy pudiera hacerle más preguntas—. ¡Nos vemos después del almuerzo!

—¿No estoy invitado? —repitió Troy en voz alta, un poco desconcertado por la declaración.

Troy estaba a punto de decir *Al diablo con esto* y simplemente seguir a Danny, cuando sonó el teléfono.

Levantó el auricular y al instante se sorprendió con la conmoción del otro lado de la línea.

—¿Troy? ¿Hola? ¿Puedes oírme? —oyó gritar a su madre.

Parecía como si estuviera en medio de un desfile o algo así. Una cacofonía competía con su voz, lo que obligó a Troy a alejar el teléfono unos centímetros de su oreja.

—¿Mamá? —Troy intentó hacerse escuchar por encima del estruendo—. ¿Eres tú? ¿Por qué hay tanto ruido? ¿Qué está pasando...?

A pocos kilómetros de la tranquilidad de la casa de Troy y Danny, tenía lugar una escena estresante. Un embotellamiento que se prolongaba por lo menos kilómetro y medio. Los conductores enojados hacían sonar sus bocinas, como si eso pudiera ayudar a que los autos se movieran. La policía de Hawkins estaba impidiendo el paso hacia la carretera principal. De hecho, los oficiales decían a los conductores que se dieran media vuelta y regresaran a sus casas de inmediato.

Y allí estaba la madre de Troy, hablando por un teléfono público junto a la carretera, gritando por encima de las bocinas, las sirenas y las maldiciones.

—Volveré a casa temprano —gritó ella por el auricular—. Sólo quiero asegurarme de que tú y Danny mantengan sus traseros en casa.

Troy miró la puerta trasera mientras escuchaba a su madre. Todavía seguía balanceándose después de que Danny partiera rumbo a su doble almuerzo diario.

—¿Por qué? —preguntó.

—Hay un maniaco suelto —respondió ella—. Todos los caminos están bloqueados. La policía no bromea, quieren encontrar a este tipo antes de que consiga escapar de la ciudad. O algo peor.

—¿Un maniaco? Mamá, cálmate. Explícate.

Entonces ella contó a Troy lo que le habían dicho los oficiales. Un recluso —un *paciente*— había escapado del Psiquiátrico Pennhurst y no estaba tomando sus medicamentos. En el hospital sabían de su desaparición desde hacía unos días, pero no pensaron en reportarlo hasta que se aseguraron de que no se encontraba escondido en algún lugar del terreno circundante.

Finalmente dieron su nombre y una descripción: Jimmy Ray Cutts, también conocido como el Terror del Patio Trasero. Era muy alto —medía más de dos metros— y tenía una brillante mata de cabello blanco que se erizaba sobre su cabeza. Le gustaba coleccionar víctimas como algunas personas coleccionan timbres postales, razón por la que debía ser considerado extremadamente peligroso.

La policía se involucró cuando una anciana llamó para informar que había visto a un hombre tratando de comerse a su gato. El sujeto encajaba exactamente con la descripción.

—Es un *lunático* peligroso —escuchó Troy decir a su madre, con la voz quebrada por hablar tan alto—. Ésa es la palabra que usaron. Así que voy directo a casa y quiero que mantengas a Danny adentro hoy.

Colgó. Presumiblemente, ella ya estaría corriendo de regreso a su auto, maldiciendo a los cielos por haber perdido un turno en su trabajo. Mientras tanto, lo único que Troy pudo hacer, a unos cuantos kilómetros de distancia, fue comenzar a entrar en pánico. Ni siquiera podía escuchar el tono de marcación en el auricular. Sólo oía el bombear acelerado de su propio corazón. Danny había partido hacía diez minutos, tal vez más.

Quizá ya era demasiado tarde.

—Ya sé adónde va todo esto.

Erica rompió el silencio. Encendió su minilinterna y la apuntó hacia su barbilla, para que Lucas pudiera ver con absoluta claridad la mirada de desaprobación en su rostro.

—¿No es obvio? —añadió ella con una sonrisita—. Lucas está inventando una historia para tratar de asustarme para que yo sea más responsable. Mira, si mamá no puede asustarme para que limpie mi habitación, tampoco lo hará este viejo del costal inventado.

Lucas sonrió.

—Valientes palabras para alguien que todavía duerme con una lamparita de noche.

—¿Cuántas veces tengo que decírtelo? Mi Luciérnaga es un muñeco de peluche que *además* brilla en la oscuridad. No es mi culpa que lo hayan hecho de esa manera.

—¿Así que no le temes a la oscuridad?

—No.

—¿Ni un poco?

—Diablos, no.

Lucas sonrió de nuevo, tramando algo.

—Entonces, no te importará apagar la linterna y escuchar el resto de la historia.

Dustin palmeó a Lucas en la espalda.

—Buena jugada, amigo.

—No lo animes, fenómeno —dijo Erica—. Ésta es una discusión familiar.

Ella apagó su linterna. Todas las miradas se centraron de nuevo en Lucas.

—Ahora, ¿dónde estaba? —Lucas hizo una pausa, pensando—. Ah, por supuesto...

Troy tenía que encontrar a su hermano.

Se calzó sus *sneakers* y salió corriendo rumbo al arroyo. Corrió más allá de la línea de árboles y por el camino fangoso que se adentraba en el bosque. Las hojas color dorado y caoba del otoño crujían bajo sus suelas, mientras trataba de no imaginar a su flacucho hermanito tirado en una zanja en algún lugar.

Las palabras frenéticas de mamá cruzaron por su mente: *Muy alto. Brillante mata de cabello blanco.*

Troy se estremeció al escudriñar el área en su camino. No había señal de otra alma viviente ahí afuera. Ni siquiera podía oír el canto de los pájaros. Un aire silencioso e inquietante se cernía sobre el bosque, haciendo que el mundo que conocía fuera irreconocible, casi *implacable*.

—¡Danny! —gritó. Pero no hubo respuesta. Ni siquiera un eco—. ¡Danny, maldita sea! ¡Contéstame, soy tu hermano!

Por fin, el sonido del agua corriendo. Troy ya estaba cerca del arroyo.

Atravesó la maleza, moviendo las ramas lejos de su cara, hasta que por fin... se encontró parado al borde del arroyo. Tomó una bocanada de aire, su corazón se hundió rápidamente.

No había señales de Danny.

—¡Danny! —gritó tan fuerte como pudo. Buscó en la zona, a la caza de algo fuera de lo común—. ¡Danny!

A Troy se le erizaron los vellos de la nuca. Al otro lado del arroyo algo llamó su atención: motas de algo asomándose bajo una capa de hojas amarillas caídas. Algo azul brillante.

Algo que no debería estar ahí, en el bosque.

Troy saltó sobre el estrecho arroyo y corrió, sin apartar los ojos de ese punto azulado. Una ráfaga de viento irrumpió, moviendo algunas de las hojas, para revelar un poco más de la extraña superficie colorida a medida que Troy se acercaba. Fuera lo que fuese esa cosa, era alta y parecía lo suficientemente fuerte para mantenerse en pie por sí misma, y tan ligera como para balancearse en cualquier dirección que soplara el viento.

Troy redujo la velocidad y avanzó suavemente hacia aquello. No podía creer lo que veía.

Era una tienda de campaña.

Troy quedó congelado. No quería imaginar lo que encontraría en su interior. Necesitó de todo su valor para dar un paso adelante. Y otro. Y otro más.

Hasta que el cierre metálico de la tienda estuvo a su alcance.

Se agachó para levantar una piedra cercana, en caso de que necesitara defenderse. La piedra era lo suficientemente pesada para noquear a un hombre si se lanzaba con la fuerza necesaria. Troy no estaba seguro de tener tal fuerza en ese momento, pero si tenía que partirle el cráneo a un loco para salvar a su hermano pequeño, esperaba estar a la altura de las circunstancias.

Troy se abalanzó hacia dentro, con la piedra levantada por encima de su cabeza.

Pero no había nadie a quien golpear.

La tienda estaba desocupada, aunque no vacía. Junto con la hojarasca y una fina capa de tierra, bolas de papel arrugado estaban alineadas en el suelo. Troy desplegó una y reconoció la textura entre sus dedos de inmediato: alguna vez había sido una bolsa de papel del almuerzo.

Éstas son nuestras bolsas, pensó, con el corazón desbocado. El lugar estaba lleno de ellas. Junto con restos de almuerzos pasados. Las cortezas de pan separadas, las migas de galletas a medio comer y los corazones viejos de manzanas se habían vuelto verdes tras días de descomposición.

Dos almuerzos, se dio cuenta Troy, enfadado consigo mismo. *¿Por qué no te seguí en el momento en que sentí que algo estaba mal?* En un ataque de ira pateó las bolsas fuera de su camino y gritó hasta que las venas se abultaron en su frente.

En una esquina, amontonada para formar una almohada improvisada, había una apestosa pila de ropa azul pálido. Troy la levantó para inspeccionarla, y un fuerte olor corporal invadió el lugar. Alguien había sudado en esa ropa, había acampado en esa tienda. Alguien que no se molestaba en bañarse. O que no había tenido la oportunidad de hacerlo. La ropa parecía una camisa de uniforme, era ligera y amplia, como una bata de hospital. Impresa en la espalda, a la altura de los omóplatos, había una palabra que hizo que Troy se pusiera blanco como una sábana:

PENNHURST

Mientras estaba allí, temiendo lo peor, el viento se levantó de nuevo.

Troy miró las hojas girando, mientras un vórtice de pensamientos daba vueltas dentro de su cabeza. *Tal vez Danny tomó el camino largo de regreso y no nos encontramos. Sí, eso es.*

¿Quizá se está escondiendo y me está jugando una broma? A Danny le gustaba eso. A todos los niños de su edad les gustaba jugar. *Ésta podría ser su idea de una broma. Ja, ja, monté una tienda de campaña aquí y pensé que con eso te asustaría*, podría decir, riéndose con ese resoplido típico de Danny. *¡Te atrapé!*

Dios, que esto sea una broma, pensó Troy. *Por favor, déjalo volver a casa a beber leche con chocolate, a esconderse detrás del sofá a la espera de saltar de repente y asustarme. ¿No sería increíble? Danny sentado en casa, perfectamente bien. Y yo, aquí, todavía asustado. Haré todos los almuerzos que quiera si eso lo hace feliz y está vivo y bien. Incluso dejaría que me asustara cien veces al día, todos los días, si eso fuera necesario. Viviría con miedo. Siempre y cuando siga viviendo con Danny.*

Por favor, no dejes que esté muerto en una zanja en alguna parte.

Troy parpadeó para alejar los malos pensamientos y enjugar las lágrimas. Él sería el único muerto en una zanja si su madre se enteraba de que había dejado que Danny saliera de la casa cuando ella le advirtió que no lo hiciera. Dejó caer la piedra y salió de la tienda, que derribó al pasar.

Aunque sus piernas se sentían como de goma y sus pulmones ardían, Troy no dejó de correr hasta que estuvo de regreso en casa. A medida que se acercaba, pudo ver que el camino pavimentado al lado de la casa estaba vacío. ¡Había llegado antes que su mamá! Y tal vez Danny había llegado antes que *él*.

Troy cerró la puerta mosquitera detrás de él (por si acaso) y corrió hacia la sala, jadeando.

—¡Danny! —gritó una y otra vez. Sin respuesta. Buscó en los baños. Su corazón se detenía por un instante cuando descorría las cortinas de la regadera. Podría haber alguien escondido detrás.

No había nadie.

—¡Danny!

Troy registró la habitación de Danny, miró debajo de su cama y en su armario... cada lugar donde Danny podría haberse escondido. Revisó la habitación de su madre y miró dentro del cesto de la ropa sucia. Se asomó detrás del sofá, abrió todas las gavetas de la cocina y encendió las luces de todos los armarios.

Danny no estaba por ningún lado.

—En verdad desapareció —dijo Troy en voz alta.

En ese momento, se escuchó un golpeteo en la puerta. Ligero al principio, pero luego se convirtió en golpes lentos y constantes. *Toc.*

Toc. Toc.

Toc. Toc. Toc.

Troy soltó un suspiro de alivio. Danny.

Toc. Toc. Toc.

Toc. Toc. Toc.

Fue hasta la puerta y se asomó por la mirilla. No había nadie ahí.

O quienquiera que hubiera estado tocando ahora se escondía.

Esto podría ser una trampa, pensó Troy. *O podría ser sólo mi imaginación.*

Tras el siguiente golpe, en un momento de valentía, Troy abrió la puerta... sólo para encontrar a Danny allí parado. Demasiado bajo para ser visto a través de la mirilla.

—¡Ay, Dios mío! ¡Danny! —gritó Troy—. ¡Entra ahora!

—¿Por qué estás enojado? —le preguntó Danny a su hermano, antes de que éste lo jalara a través de la entrada.

Troy cerró la puerta y de inmediato comenzó a revisar a su hermano pequeño en busca de cortes, moretones o algo peor. El chico estaba bien, exactamente en las mismas condiciones cuando había dejado la casa.

—¿Qué está pasando? —preguntó Danny, ajeno a la preocupación de su hermano.

Troy respiró hondo antes de que la ira se apoderara de él. No pretendía sonar como un adulto responsable, pero de repente una severa voz de reprimenda salió de su boca.

—¡Lo que está pasando es que has estado yendo al bosque a dar de comer a lunáticos trastornados! ¿Qué pasó con eso de *no hablar con extraños*, eh?

—Jimmy es mi amigo.

—Él NO es tu amigo. Ahora ve y asegúrate de que todas las ventanas de arriba estén cerradas. De hecho, revisa todas las ventanas.

—¿Estamos en peligro?

—Podríamos estarlo si no te apresuras. ¡Y ahora, haz lo que te digo! —mientras observaba a Danny subir corriendo las escaleras, Troy gritó—: Espera a que mamá se entere de esto. ¡Vas a estar en graves problemas!

Mientras Troy revisaba dos veces las puertas delantera y trasera, escuchó que Danny lo llamaba desde arriba.

—Ehhh, ¿Troy...?

—¿Qué? —respondió Troy.

—¿Está mamá aquí?

Troy hizo una pausa, tratando de entender la pregunta.

—*Espera, ¿qué?*

—¿Está... mamá... aquí? —preguntó otra vez Danny.

—No. ¿Por qué?

Troy miró hacia lo alto de las escaleras, donde vio a Danny esperando, blanco como una sábana.

—Ella está de camino a casa ahora, pero... —dijo Troy. Su voz se fue apagando cuando vio a Danny señalar al techo. Hacia un crujido justo por encima de su cabeza.

El ático.

Alguien se estaba moviendo allí arriba.

Pero no era su mamá.

El silencio cayó sobre el videoclub. El temor en el aire era palpable.

—Entonces... ¿quién estaba en el ático? —preguntó Steve.

Dustin negó con la cabeza.

—¿No es obvio? ¡Pues claro que era el enfermo mental que se escapó!

—Yo nunca dije eso —añadió Lucas, moviéndose en su asiento—. Podría haber sido cualquiera el que estaba allá arriba.

—Entonces... ¿quién más podría haber sido? —intervino Robin.

Lucas reflexionó por un momento.

—Bueno, no estoy seguro, nunca escuché el resto de la historia.

Esto provocó burlas instantáneas del grupo.

—¡¿Qué clase de final es ése?! —exigió Erica, arrojándole un dulce de regaliz rojo a su hermano.

—¡Qué fraude! —añadió Max.

—Eso fue peor que el final del sueño de Dustin —opinó Mike.

—Hey... —dijo Dustin, ligeramente insultado... hasta que todos empezaron a reírse. En ese momento, se sintió todavía más insultado.

Un repentino crujido detuvo la risa. Después de una pausa, volvieron a escuchar el ruido.

Craaaaaaaaac.

Todos levantaron las miradas, con el corazón agitado.

—La tienda no tiene ático, ¿cierto? —preguntó Nancy.

Un golpe en el cristal hizo saltar a todos en la tienda. Lucas apagó la linterna e instintivamente contuvo la respiración, como si estuviera tratando de esconderse de lo que sea que estuviera haciendo ese ruido. Los demás siguieron su ejemplo, se dieran cuenta o no. Nadie hizo el menor ruido. Todos se sentaron escuchando el silencio, a la expectativa, con la esperanza de que no se escuchara ningún golpe más...

Toc.

TOC.

¡TOC!

Nadie se atrevía a respirar. Steve y Dustin se agacharon detrás del mostrador con Robin. Erica y Max se escondieron detrás de Lucas. Nancy se agachó y tiró de su suéter para cubrirse con él los ojos.

Y allí estaba Mike... demasiado paralizado por el miedo para levantarse del suelo.

Hasta que comenzó a reír.

—Fui yo, chicos —dijo Mike, levantó el puño en el aire y repitió exactamente el mismo golpe en el vidrio.

Toc. TOC.

Todos soltaron un suspiro de alivio... antes de enfurecerse con él.

—¡Idiota! —dijo Max, recuperando el aliento.

—Eso no fue nada genial —comentó Erica.

—¡Podría haberme dado un ataque al corazón! —dijo Dustin.

—De ninguna manera —intervino Robin, fingiendo apretar su corazón—. Pónganse en la fila que yo entro primero a la sala de urgencias.

Los demás regresaron lentamente a sus lugares en la tienda, sin dejar de quejarse de la broma pesada de Mike.

—Sólo por eso, es tu turno —dijo Lucas y arrojó la linterna a Mike.

Dustin se quitó la gorra para abanicarse.

—Mantén tus manos donde podamos verlas, Mike —luego agregó—: Te lo juro, después de una noche como ésta, tendré que dormir con las luces encendidas, y mi osito de peluche.

—Es grandioso de tu parte admitir que todavía duermes con un osito de peluche, Henderson —dijo Steve.

Antes de que Dustin pudiera responder, Mike volvió a encender la linterna.

—Así que un oso de peluche, ¿eh? Yo no dormiría con uno si fuera tú. Son lindos y tiernos un minuto, y luego, antes de que te des cuenta, podrás escuchar cómo...

TEDDY RESPONDE

Shane conocía bien el comercial. Igual que su hermana, Shawna.

¡Teddy Parlanchín HABLA de verdad!, decía el locutor mientras la escena mostraba un osito de peluche cobrando vida en un pequeño dormitorio de niña. *Teddy cuenta historias, Teddy cuenta chistes, Teddy responde...*

Buenas noches, Teddy Parlanchín, decía la niña. *¡Te quiero!*

Yo también te quiero, respondía el oso de peluche. Sus ojos parpadeaban. Su boca se movía en perfecta sincronía con las palabras. ¡Parecía que en realidad estaba vivo! *Ahora cierra los ojos y recuesta tu cabeza. Es hora de que te vayas a la cama...*

El comercial terminaba con los padres de la niña apagando las luces, en tanto ella se acurrucaba bajo las sábanas con su osito. Cuando el corazón del peluche era presionado, tocaba una canción de cuna, lo que hacía que su pecho brillara suavemente, como una lámpara de noche. La voz retumbante del locutor volvía para informarte qué tiendas de juguetes vendían a Teddy y que el placer de su tierna compañía te costaría ¡sólo 129.99! Había sido el juguete más popular en la temporada navideña durante tres años consecutivos. Todos los niños de cierta edad tenían uno.

Shawna tuvo el suyo sólo tres meses antes de morir.

Había estado enferma durante mucho tiempo. La familia la había visto palidecer un poco más cada día, impotentes para detener su deterioro. Y aunque siempre supieron que lo peor estaba a la vuelta de la esquina, nada podría haberlos preparado para decir adiós. Mucho menos a Shane. Normalmente, dos años es una gran diferencia de edad para los hermanos, pero Shane y Shawna siempre habían sido cercanos. Caminaban hacia la escuela y de regreso a casa todos los días y miraban las caricaturas juntos durante horas, en lugar de hacer sus deberes.

Lo que significaba que conocían algunos comerciales de televisión y sus tonadas de la misma manera que los científicos aeroespaciales conocían el funcionamiento de sus cohetes.

El señor búho de Tootsie Pop, el hombre Kool-Aid y, sobre todo, Teddy Parlanchín estaban grabados a fuego en sus cerebros.

Shawna siempre resplandecía cuando aparecía el anuncio de Teddy Parlanchín. Y Shane, como un buen hermano mayor, veía cuánta alegría le traía Teddy y decidió hacer algo al respecto. Les dijo a sus padres que Shawna quería uno para

Navidad más que cualquier otra cosa, e incluso se ofreció como voluntario para contribuir con su mesada para ayudarles a pagarlo.

A pesar de los crecientes gastos hospitalarios y los elevados costos de medicamentos, Shane y sus padres consiguieron tener bajo el árbol un Teddy Parlanchín de regalo para Shawna.

Sus últimas fiestas navideñas.

Ella fue feliz... por un momento, pensó Shane, mirando el Teddy abandonado en el alféizar de la ventana de la habitación de Shawna. Los párpados animatrónicos del oso estaban cerrados y yacía ahí sentado, lánguidamente, con los brazos a los lados y la cabeza inclinada hacia abajo, como si también estuviera de luto.

—"Teddy cuenta historias, Teddy cuenta chistes" —dijo Shane en voz alta, citando el comercial—. Cuéntame un chiste ahora, Teddy.

Silencio.

—Di algo, maldita sea —Shane presionó el pecho de Teddy.

Ninguna respuesta. Sólo clics.

Shane sacudió a Teddy. El movimiento hizo que los párpados del muñeco se abrieran por un instante antes de volver a cerrarse. Dio vuelta al oso y levantó su chaleco rojo y dorado. Allí, en medio del peluche, había un pequeño clip. Shane lo levantó y vio que las baterías del interior se habían corroído con ácido duro y blanco. Las sacó, las colocó en la palma de su mano y caminó a la cocina por otras de reemplazo.

En el pasillo pudo escuchar las voces de mamá y papá. A juzgar por su tono bajo, estaban teniendo una conversación muy seria. Presumiblemente, en secreto.

Sobre él.

—...está allí otra vez —oyó susurrar a su papá—. En la habitación de Shawna.

—...está empeorando —escuchó a su mamá.

—Los Murphy dijeron que Kevin lo invitó a ir a su fiesta en la piscina el próximo fin de semana, y Shane dijo que no podía ir. Inventó una mentira sobre que saldríamos de la ciudad.

—Estoy preocupada. No quiero perder otro... —dijo su mamá, con un nudo en la garganta.

Shane se detuvo y esperó en el pasillo, escuchando a escondidas desde las sombras.

—Entonces, ¿qué? ¿Un psiquiatra? No podemos pagar algo así. Todavía estamos pagando por...

—Shane necesita ayuda. Lo único que hace es sentarse en su habitación, como si estuviera esperando a que ella regrese. Ya ni siquiera ve televisión.

—¿Qué estamos diciendo? Que nuestro hijo está teniendo algún tipo de...

—¿Algún tipo de qué? —preguntó Shane, al entrar a la cocina.

Su mamá y su papá se quedaron congelados, tras interrumpir de manera abrupta la conversación.

Papá fingió que volvía a leer el periódico. Los ojos de mamá se agrandaron al ver a Teddy. Se incorporó y posó una mano amorosa sobre el hombro de su hijo.

—Cariño, ¿qué estás haciendo con el Teddy de Shawna?

—Necesita baterías. Las que tenía ya no sirven.

Shane vio a su madre y a su padre intercambiar una mirada de complicidad.

Su mamá tomó las baterías viejas y las arrojó a la basura.

—No vamos a hacer eso, Shane.

—¿Por qué? —preguntó Shane.

Su madre se esforzó por contener las lágrimas.

—Porque... *Shawna*... ya no está aquí. Ella no necesita hablar con Teddy.

—Pero ¿qué hay de mí? Yo quiero hablar con Teddy.

—Tú tienes verdaderos amigos de tu edad, con los que puedes hablar. No necesitas de un oso de felpa. Ahora dame a Teddy y ve a jugar con nuestros vecinos, los Murphy.

—Pero, mamá...

—¡Escucha a tu madre, Shane! —dijo su papá con voz resonante—. ¡Empieza a actuar como un niño normal! Ve a jugar a la pelota o andar en bicicleta o algo así. Sólo hazlo afuera.

Con lágrimas a punto de rodar por sus mejillas, Shane arrojó a Teddy al otro lado de la habitación y salió furioso.

Más tarde esa noche, en la oscuridad, una pequeña luz comenzó a brillar. Y el silencio de la casa de Shane fue reemplazado por un repiqueteo lejano. Sonó durante un instante

y finalmente encontró su melodía. Se parecía mucho a una vieja grabación de xilófono de "Estrellita, ¿dónde estás?".

Provenía de la recámara de Shawna.

Shane se sentó en su cama y se asomó al pasillo. Una luz salía por debajo de la puerta de Shawna. Caminó de puntillas hacia su habitación, esperando descubrir a sus padres que escuchaban el Teddy de Shawna. ¡Lo mismo por lo que lo habían culpado! No podía esperar a ver las miradas en sus rostros cuando los atrapara con las manos en la masa. Pero, sobre todo, no podía esperar a ver a Teddy interpretar la canción de cuna favorita de Shawna. Incluso si eso significaba que su corazón se rompiera una vez más.

Justo cuando escuchó las campanadas finales de la canción, Shane abrió de golpe la puerta y se sorprendió al encontrar la habitación completamente vacía. Ni mamá ni papá. Sólo Teddy, apoyado en la cama de Shawna.

Con los ojos abiertos.

El resplandor rojo que se desprendía del pecho en forma de corazón de Teddy le daba a la habitación una sensación espeluznante. Las sombras cubrían las paredes. El suelo parecía una isla en un vacío de tinta.

Shane se sentó en la cama de Shawna y contempló los ojos color avellana del osito de peluche. Después de unos momentos, éste parpadeó.

—Mamá debió haber reemplazado las baterías —se dijo Shane.

Abrió el pecho de Teddy para revelar un casete en el interior. Así hablaba y cantaba el oso. Una cinta con docenas de frases y melodías pregrabadas hacía que pareciera que

Teddy tenía una respuesta para todo y una canción para cada ocasión.

Shane sacó la cinta esperando ver el letrero de "Estrellita, ¿dónde estás?". Pero, para su sorpresa, aquélla era una cinta casera sin marcar, con la etiqueta borrada.

—Esto es raro —se dijo Shane, perplejo.

Dio vuelta a Teddy, abrió la tapa de las baterías y jadeó. El compartimento estaba vacío.

—¿Shane? —preguntó de pronto una vocecita que lo hizo saltar del susto.

El chico dejó caer el osito, y fue entonces que vio el interruptor en posición de apagado. Sin embargo, de alguna manera, una voz salió de Teddy, otra vez:

—¿Shane?

No puede ser, pensó el chico. *Estoy soñando. Esto no es real. Teddy no está hablando. Contrólate, Shane.*

El chico regresó a la puerta y ya estaba a punto de girar la perilla cuando escuchó la vocecita de nuevo.

—¿Shane?

Se dio media vuelta para encontrar a Teddy apoyado contra las almohadas en posición sentada. Los ojos y la boca del osito de pronto comenzaron a moverse en perfecta sincronía, llamándolo una vez más:

—¿Shane?

Shane sintió que sus rodillas se debilitaban.

—Escúchame con mucha atención —dijo Teddy—. No tengas miedo.

—¿Qué? —preguntó Shane, incapaz de creer lo que estaba pasando—. ¿Puedes verme, Teddy?

—Sí. Y no soy Teddy —el oso se incorporó lentamente y empezó a caminar solo hasta el borde de la cama—. Soy yo, Shane... soy Shawna.

Shane no pudo evitarlo. Estaba tan abrumado que comenzó a llorar.

El oso de peluche parlante se bajó de la cama y cayó al suelo. Cuando se acercó a Shane, extendió su pata peluda para consolarlo.

—No te preocupes, nunca te dejaré de nuevo. Nunca *jamás*.

Durante los días siguientes, Shane tuvo mucho cuidado de no ser visto entrando y saliendo de la habitación de Shawna para ver a Teddy. Elegía sus visitas, por lo general durante las noches, ya tarde, una vez que sus padres ya se habían acostado, o en ese dulce lapso después de la escuela en que tenía toda la casa para él solo durante una hora. Para su sorpresa, el oso siempre estaba despierto, esperándolo en la puerta, listo para que lo tomara en brazos. Listo para hablar. Listo para pasar tiempo con él.

Al igual que Shawna.

Hasta donde Shane sabía, Teddy se hacía el muerto la mayor parte del día, para evitar que mamá y papá lo vieran, o peor aún, lo descubrieran. El oso tenía una extraña habilidad para apagarse y desplomarse ante el menor ruido.

—¿Adónde vas cuando haces eso? ¿Cuándo te apagas? —le preguntó en una ocasión Shane.

A Teddy no le gustaban las preguntas, y mucho menos las más difíciles y filosóficas que Shane planteaba de vez en cuando, en lugar de tan sólo dejar que el oso le leyera un cuento o le cantara una canción. *¿Está tu alma atrapada allí, Shawna? ¿O te comunicas conmigo a través del oso... desde otro lugar?* Shane estaba desesperado por comprender cómo era posible lo que estaba pasando.

Teddy simplemente fruncía el ceño cuando surgían estas preguntas, para dar la impresión de tener "una cara seria".

—No tengo todas las respuestas, Shane —le decía Teddy—. Vamos a disfrutar nuestro tiempo juntos —luego, la cinta que estaba dentro de su pecho comenzaba a girar, lenta y distorsionada al principio, hasta que se convertía finalmente en un sonido más cercano a la grabación de fábrica. De forma pregrabada, Teddy soltaba mecánicamente—: *Ahora, ¿quién quiere una canción de cuna?*

Shane sólo dejaba que sonara la rima infantil, a veces para recordar a Shawna, a veces para dar a Teddy unos momentos melodiosos para que se tranquilizara. No quería hacer enojar a Teddy. Detrás de ese exterior suave y afelpado había una presencia intimidante. A la que le gustaba tener el control.

Las preguntas estaban fuera de su control. Las preguntas eran malas.

Un martes por la tarde, durante uno de estos "descansos de canciones de cuna", Shane dejó vagar su mente recordando los últimos días de Shawna en la cama del hospital, rodeada de flores, juegos y animales de peluche de todos los tamaños y colores. Tenía una multitud de juguetes a su alcance y, sin embargo, nunca dejaba de abrazar a Teddy.

Su osito era especial para ella. Shane mantenía eso en mente, lo recordaba cada vez que Teddy hacía cosas que lo incomodaban. Lo cual sucedía cada vez más a menudo últimamente.

Mientras las notas finales de "¡Oh, Susanna" sonaban desde el pecho de Teddy, Shane de repente escuchó una voz detrás de él.

—¿Shane? ¿Qué estás haciendo aquí?

Era el padre del chico. Había llegado a casa tres horas antes de lo habitual, pero olía como si se hubiera duchado con cerveza rancia.

—Papá, llegaste temprano a casa —dijo Shane con tono culpable mientras arrojaba a Teddy a un lado. El oso se quedó ahí tirado, flácido, pero permitió que sus párpados se abrieran.

Para poder mirar.

—¿Cuántas veces vamos a pasar por esto, hijo? —preguntó su padre, arrastrando las palabras un poco—. Tienes que dejar de entrar aquí. No es bueno para ti.

Papá le dio un codazo a Shane y agarró a Teddy. Shane intentó protestar, pero fue en vano.

—Espera, puedo explicar...

El padre de Shane ignoró a su hijo y miró fijamente los ojos del osito de felpa con una alcoholizada tristeza.

—¿Esto es lo que has estado haciendo después de la escuela en los últimos días? ¿Te has estado escondiendo aquí, tomando té con esto?

—Papá, tienes que escuchar —Shane quiso explicarse.

Pero su padre ya había salido por la puerta con Teddy en la mano. Se dirigía a la cocina.

Hacia el cesto de basura.

—¡Papá, espera! ¡Por favor! —rogó Shane.

—Este oso es historia —dijo su padre abriendo la tapa del cesto—. Debería haberse ido cuando ella se marchó —estalló en llanto—. Debería haberse ido con ella. No debería estar dando vueltas por aquí haciéndonos sentir miserables a todos. Recordándonos que él está aquí, en nuestra casa, y ella no.

Shane podía ver los nudillos de su padre al ponerse blancos, apretando alrededor de Teddy, tratando de aplastar las partes mecánicas con auténtica rabia. El plástico hizo un sonido chirriante cuando cerró más el puño.

—¡Papá, espera! ¡No! ¡La estás matando! ¡Shawna está ahí! —gritó Shane.

El padre de Shane dejó de apretar. Una mirada sobria cruzó su rostro durante una larga y significativa pausa.

—¿Qué acabas de decir?

—Que Shawna está dentro de Teddy. Ella habla a través de él, no se ha ido. No puedes tirarla a la basura. Tienes que creerme.

Shane habló con Teddy.

—Por favor, Teddy, tienes que mostrárselo. Tienes que hablar.

Silencio.

La ira de su padre se avivó una vez más.

—¿Así que eso es? —preguntó con tono de burla. Miró los ojos sin vida del oso—. Háblame, cariño. Canta una canción para papá.

157

Teddy se limitó a mirar al hombre en silencio.

Papá sacudió al oso.

—¡Dime algo, estúpido osito, o te juro por Dios que te arrojaré a la licuadora!

Los ojos de Teddy rodaban, abriéndose y cerrándose con cada sacudida.

—¡Di algo! —gruñó el padre de Shane, resoplando y jadeando a causa de la ira—. Ahí está. Se acabaron los juegos. Se acabaron los juguetes.

Su padre levantó la tapa de la licuadora y comenzó a meter al osito de peluche en su interior. Shane intentó detenerlo. Agarró los codos de su papá tratando de bajar sus brazos, pero el hombre era demasiado fuerte para un niño. Empujó a Shane y enchufó el cable de la licuadora en el contacto.

—¡Papá, no! ¡La matarás! —gritó Shane.

—¿Que *yo* la estoy matando? —preguntó su padre con incredulidad—. La leucemia la mató. Y TÚ eres el que atrae a la muerte por aquí. Nos estás matando a tu madre y a mí cuando te comportas como un demente, ¿lo sabías? ¿No ha sido ya suficiente para esta familia?

Antes de que el padre de Shane pudiera activar el botón para hacer girar las aspas, la puerta principal se abrió y él se detuvo de inmediato. Era su esposa, que había llegado del trabajo. La madre de Shane dejó caer sus cosas al suelo, sorprendida al ver a su hijo llorando y a su esposo con un osito de peluche dentro de la licuadora.

—¿Qué diablos está pasando aquí? —preguntó.

Shane corrió hacia ella, chillando.

—Mamá, no dejes que lo haga. No dejes que *la* mate.

Más tarde, esa misma noche, Shane estaba recostado en su cama, hojeando una historieta.

No la leía.

Intentaba concentrarse lo suficiente para escuchar a sus padres, quienes discutían acaloradamente en la cocina. Sobre qué harían con él.

Y sobre qué harían con Teddy. Y con todas las antiguas pertenencias de Shawna.

Parecía que su padre quería limpiar por completo su habitación y deshacerse de sus cosas para dar a su familia "un nuevo comienzo". Eso iba mucho más allá de convertir su habitación en una oficina en casa, y se sentía más como si él intentara borrarla por completo de sus vidas. Por fortuna, a juzgar por los sonidos ahogados del llanto de su madre, ella no quería formar parte de ese plan.

Shane escuchó la presión de su madre para que se preservara la habitación de Shawna y, en cambio, se centraran en formas de ayudarse para tener un poco de paz.

A Shane, sobre todo.

—Él necesita ayuda —escuchó decir a su madre—. Necesita un cambio. Tal vez algún tiempo fuera de aquí le haga bien.

A Shane no le gustó cómo sonaba aquello. Había tenido amigos que fueron enviados a vivir a *otro lugar* después de que sus padres se separaban, y esas historias nunca tenían final feliz. No pudo escuchar el tono exacto de la voz de su madre por encima del ruido de un camión de basura que pasaba afuera, pero oyó algo que le rompió un poco el corazón: "casa de la abuela".

Querían enviarlo lejos, a vivir con su abuela. En Iowa. Estaban hablando seriamente de simplemente darse por vencidos con él y mandarlo al otro lado del país para que fuera el problema de alguien más por un tiempo.

Ni siquiera le agrado a la abuela, pensó Shane. *Yo me quedo aquí. Y también Teddy.*

Shane trató de recuperarse y sintió que el pánico se apoderaba de él. *¿Dónde estaba Teddy?*

Shane había perdido de vista al oso después de que su madre lo llevó a su habitación para tranquilizarlo. En ningún momento había escuchado el motor de la licuadora, así que sabía que Teddy estaba bien y de una pieza, sólo que no estaba seguro de en dónde.

Hasta que escuchó la puerta abrirse a su izquierda.

Shane lanzó una mirada por encima. Era Teddy. El oso se abrió paso hasta llegar bajo la cama, que usó como cubierta.

—Debemos irnos —escuchó decir a Teddy desde las sombras debajo de él—. Ellos me van a hacer daño.

Shane rodó sobre la cama y se colgó boca abajo para ver al pequeño oso escondido debajo de ella. Sólo sus ojos eran visibles y reflejaban la luz de la lámpara de la misma manera que los ojos de un animal real brillarían por la noche.

—¿Dónde has estado? —preguntó Shane.

—Tu mamá me tuvo en el sofá por un rato —respondió Teddy—. Escuché todo. Te enviarán lejos. Y me harán daño.

El corazón de Shane se marchitó, sus opciones se volvían más sombrías con cada segundo que pasaba. Sabía que necesitaba tomar una decisión para salvarlos a ambos.

—¿Cómo escaparemos? —preguntó—. ¿Y adónde vamos?

El osito se arrastró hacia delante en silencio.

—Yo conozco un lugar.

No pasó mucho tiempo antes de que sus padres estuvieran profundamente dormidos y todo el vecindario pareciera haberse paralizado. Shane escapó de casa con nada más que su bicicleta y una mochila en la espalda. Una suave voz de bebé le daba instrucciones desde el interior de la mochila: "Hay una iglesia junto al viejo puente de Hawkins... llévame allí. Y evita las calles principales. No queremos que nos vean".

Shane hizo lo que le decían mientras pedaleaba en la oscuridad.

—Tengo miedo —admitió.

—¿Te gustaría que *toque* una canción? —preguntó Teddy pasando a su modo de canción pregrabada.

—Sí, por favor. Cualquier cosa para sentirme acompañado.

En ese momento, "El Puente de Londres" comenzó a reproducirse desde el interior de su mochila. Shane iba tarareando cuando tomaba todos los caminos secundarios y atajos que había aprendido de los otros chicos en la escuela. En su

antigua vida. Antes, cuando todavía le pedían que saliera a jugar. La enfermedad y muerte de Shawna había cambiado todo aquello.

El Puente de Londres va a caer, va a caer...

Shawna... era por ella que él estaba haciendo aquello, con el riesgo de terminar exiliado de su propia familia en Iowa.

Va a caer...

Mientras las ruedas giraban y la música sonaba, Shane se dio cuenta de que ya no estaba escuchando a Teddy, el oso; en su oído, sólo podía escuchar el canto de su hermanita, Shawna. En unos momentos, ella estaría de regreso y todo ese dolor y toda esa angustia habrían terminado.

El puente de Londres va a caer, mi bella dama...

Más adelante, iluminando la noche como un faro, había una hilera de velas encendidas frente a la iglesia de St. Michael. Fiel a lo que había dicho Teddy, la vieja y polvorienta casa de Dios estaba al lado de otro antiguo punto de referencia: el viejo puente de Hawkins.

Lo que Teddy había olvidado mencionar era que también estaba al lado de un cementerio.

Eso dio a Shane una pausa mientras avanzaba lentamente en su bicicleta por el camino hacia la escalera de la entrada de la iglesia.

Dejó la bicicleta de costado y cuando abrió la puerta vio la amplia y vacía iglesia esperándolos. Las luces de vigilia estaban encendidas en cada una de las ventanas, lo que confería a las bancas y el altar un siniestro matiz ígneo. Shane tomó una vela: su pequeña luz le daba una sensación de seguridad en este lugar frío e ignoto.

—Déjame salir —dijo Teddy, y agregó una risita amistosa al final.

Shane miró a su alrededor, pero no vio sacerdotes ni feligreses. Además de las esculturas inquietantemente realistas de Jesús y María, todo el lugar parecía ser suyo, y sólo suyo. Abrió el cierre de su mochila y la dejó en el piso para permitir que Teddy asomara su cabeza de peluche.

—Tengo una sorpresa para ti —dijo Teddy con dulzura.

—Shawna, quiero irme a casa —respondió Shane—. Tengo miedo.

—No tengas miedo. ¿Qué tal otra dulce canción para ayudarte a que te sientas mejor?

—Está bien.

—Primero, dame tu mano —dijo Teddy con su voz más amistosa y gentil.

Shane dejó la vela en el suelo y tomó la pata del oso.

Los ojos de Teddy parpadearon y se movieron, deslizándose en su famoso sonsonete comercial: *"Ahora cierra los ojos y recuesta tu cabeza..."*

"Es hora de que te vayas a la cama", estaba a punto de decir Shane... cuando algo llamó su atención. Algo brillante.

Algo que destellaba a la luz de las velas como el metal.

—*Es hora de que...* —Teddy se detuvo de repente. Entonces su voz se fue distorsionando progresivamente y se hizo más profunda— ¡*termines MUERTO!*

¡*REBANA!*

Shane hizo una mueca cuando Teddy cortó la palma de su mano con algo muy afilado.

—¡Ay! —gritó Shane, apartando su mano herida.

Ahora podía ver el objeto de cuatro puntas en la palma de Teddy. *Las aspas de la licuadora*, se dio cuenta pronto. *Teddy debió haberlas robado de la cocina.*

—Quieres volver a ver a Shawna, ¿verdad? —preguntó Teddy—. Yo puedo concederte ese deseo.

Shane retrocedió, aturdido, cuando Teddy se aproximó a él con las aspas en forma de estrella en su pata. El oso había dejado de lado los mensajes pregrabados y el lenguaje infantil. El parpadeo robótico había terminado. Ahora sus ojos permanecían abiertos con una fría y vacía mirada de muerte.

Empezó a hablar en un galimatías.

—*NUNC TE FALLAT ET REQUIESCAM...*

Cualquiera que fuera la fuerza vital que había dentro de Teddy, lo que sea que estuviera hablando a través del oso de felpa en ese momento, claramente no era humano. Ésta no era la voz de Shawna tratando de comunicarse desde el Gran Más Allá. Esto era algo más, algo más oscuro.

Una fuerza maligna atraída por la pérdida y la tristeza... que se alimentaba de almas y robaba niños.

—¡Ayuda! —gritó Shane tratando de detener el sangrado de su mano—. ¡Alguien, ayúdenme!

—*TERMINUS SURSUM MORTUUS...*

Nadie acudió en su ayuda. Si algún sacerdote oficiaba allí, se encontraba en algún otro lugar en esa hora tardía. No había vecinos que escucharan los gritos de Shane. Sólo los ecos del puente abandonado por un lado y los muertos del cementerio por el otro.

Él no tenía la más remota oportunidad.

Con el dolor punzante en la palma, Shane apretó su mano y retrocedió por un pasillo. Buscaba cualquier cosa que pudiera usar para defenderse, pero sólo había viejos libros de himnos.

Con los altos respaldos de madera de los bancos a cada lado, Shane quedó atrapado entre la pared y Teddy, al final del pasillo. El oso siguió acercándose a él, con el filo en la mano, mientras recitaba aquel confuso conjuro:

—*NUNC TE FALLAT ET REQUIESCAM...*

Shane no podía retroceder más; si quería huir, tendría que pasar por encima de Teddy.

Se abalanzó y saltó sobre Teddy, tropezando un poco cuando sintió otro corte agudo a través de sus pantalones. La cuchilla de la licuadora lo hirió en el salto y lo hizo caer.

Shane volvió a gritar a las estatuas sagradas sin obtener respuesta. Intentó levantarse y correr, pero no pudo. Sentía demasiado dolor para apoyar su peso sobre su pierna. No tuvo más remedio que arrastrarse con los codos en dirección a las puertas delanteras.

Hacia la vela que había dejado en el suelo. Su llama titiló... y encendió en él una esperanza.

Shane se arrastró a través del dolor y liberó su mano lesionada a tiempo para agarrar la vela, justo en el momento en que Teddy saltó sobre su espalda.

—*Buenas noches, Shane* —dijo Teddy, levantando las aspas de la licuadora, listo para descargar sobre el chico su golpe final.

—¡Es hora de que *TÚ* te vayas a la cama! —respondió Shane y levantó la vela directo hacia el pecho de Teddy.

Un rápido estallido de llamas cubrió al oso; su piel de peluche se encendió en un instante. A medida que el fuego crecía, el oso gritaba, presa de la agonía. Su voz se hizo más profunda y se apagó lentamente, haciendo que su chillido sonara sobrenatural, como el grito de un animal herido.

Como si pudiera sentir el dolor de ser quemado *vivo*.

Los meses pasaron, haciendo de aquella fatídica noche en la iglesia una lejana pesadilla.

Llegó la nieve y se encendieron las luces en el centro de Hawkins, lo que marcó el comienzo de las festividades anuales de fin de año. Shane, de hecho, esperaba con ansias la Navidad, ya que la pasaría en casa, con su mamá y su papá, quienes cada día parecían un poco mejor, y habían recuperado los deseos de ser una familia normal.

La terapia los estaba ayudando a lograrlo.

Al igual que las noches de juegos con los vecinos. Y el fin de semana dedicado a decorar el árbol. Y las noches de pizza cada fin de semana.

En un frío viernes, Shane y sus padres se refugiaron en la calidez de un Pizza Hut para su habitual escape de pizza de sartén. Mientras su padre contaba algunos chistes malos y su madre hacía su mayor esfuerzo para bromear sobre los regalos debajo del árbol, lo único que Shane podía hacer era mirar en silencio por la ventana.

Más allá de los compradores y los niños jalando trineos.

Al otro lado de la calle... al escaparate de una tienda de juguetes, iluminado con titilantes luces rojas y verdes. Allí, en exhibición para los compradores navideños, había una selección de Teddy Parlanchín nuevos. Las cajas estaban apiladas una encima de la otra en una llamativa forma de pirámide. Junto a ellas —casi montando guardia—, había un letrero animatrónico de un osito gigante. Sus ojos parpadeaban lentamente y su mano se agitaba en un saludo. Un cartel reluciente sobre su cabeza decía: TEDDY CANTA VILLANCICOS, TEDDY CUENTA HISTORIAS, TEDDY HABLA MÁS... ¡QUE ANTES!

Shane sintió que se le erizaban los vellos de la nuca. Pasó su dedo sin pensar sobre la cicatriz en su palma. Era un tic nervioso que había adquirido recientemente, no muy diferente a morderse las uñas. Era lo único que podía hacer para no enloquecer mientras observaba a una familia tras otra salir de la tienda con una sonrisa, todas con Teddy Parlanchín bajo el brazo.

Los osos se dirigían a las casas de toda la ciudad. De todo el estado. Tal vez incluso de todo el país.

Shane olvidó su pizza, y se desconectó del mundo, perdido en sus pensamientos. El Teddy de Shawna había sido destruido, de eso estaba seguro. Lo había visto arder hasta convertirse en una mancha derretida y humeante. No había vuelta atrás de ese nivel de destrucción. Seguramente el mal que habitaba dentro había sido destruido también, ¿cierto?

—Shane, ¿qué pasa? —preguntó su madre.

—¿Shane? —añadió su padre, preocupado.

Silencio.

Él no los estaba ignorando. Simplemente no podía escucharlos por la persistente sensación en su interior.

La sensación de que aquello no había terminado en realidad.

El miedo de que el mal no se había ido en realidad.

Era imposible saber si lo que había sucedido con el Teddy de Shawna volvería a suceder. Shane sintió la cicatriz mientras miraba los ojos negros sin vida del osito del cartel, al otro lado de la calle. ¿Le estaba regresando la mirada? ¿O era sólo su imaginación?

Se estremeció ante la idea. Entonces, como una de esas canciones contagiosas, su cerebro comenzó a reproducir la extraña rima de Teddy una y otra vez. Pero cuanto más la recitaba, él cambiaba más las palabras.

Ahora cierra los ojos y recuesta tu cabeza...

Mientras Teddy esté ahí fuera... el mal no habrá muerto.

EN UN DESTELLO

Mike apagó la linterna y el videoclub se sumió una vez más en la oscuridad.

—Ya saben, si esta noche fuera una historia de miedo en la que todos estuviéramos participando de alguna manera, sería en este momento cuando tendría que ocurrir la extraña revelación —dijo Max—. Como que Nancy encontrara un garfio asesino colgado en la puerta principal, o Steve anunciara que en realidad ha sido el asesino del hacha todo este tiempo o, ya saben, que las luces comenzaran a parpadear...

En ese momento, destellos rojos y azules iluminaron la calle, lo que sobresaltó a los chicos... y enseguida, el familiar aullido de las sirenas de la policía. Todos corrieron hacia las ventanas del frente para ver pasar un convoy de patrullas de

Hawkins a toda velocidad, cuando menos a cien kilómetros por hora.

—¿Adónde creen que se dirijan? —preguntó Mike, con las manos ahuecadas alrededor de sus ojos en un intento por ver a través del vidrio que su mismo aliento estaba empañando.

—Pennhurst —dijo Nancy—. Está justo al final de la carretera, ¿recuerdan?

Mike, Dustin, Lucas, Erica y Max la miraron con la boca abierta a causa del miedo.

Entonces estalló el caos, con un destello. Luego otro. Y otro.

Las luces fluorescentes del techo se estaban encendiendo, cegando a los niños con una serie de destellos brillantes. Todos tuvieron que entrecerrar los ojos mientras se acostumbraban a la luz. Con un estallido estático, todos los electrodomésticos también cobraron vida. El monitor de televisión mostró la familiar pantalla azul del Canal 3. Se podía escuchar el sonido de las videograbadoras, que reanudaban el rebobinado de las cintas. Los relojes señalaban, parpadeantes, las 12:00. Y el gran foco de la máquina de palomitas de maíz se encendió.

Como si fuera una señal, el mundo exterior se iluminó también: el letrero de Palace Arcade centelleó sobre el estacionamiento.

Nancy cambió el canal de televisión para sintonizar las noticias. En la pantalla, una reportera estaba afuera del Psiquiátrico Pennhurst. Se estaba desplegando detrás de ella una cinta amarilla para delimitar la escena de un crimen.

Nancy subió el volumen mientras todos en la tienda se arremolinaban para mirar.

—Un pueblo vive en la penumbra mientras salen a la luz noticias impactantes —anunciaba la reportera—. La policía cree que el apagón de esta noche no fue un accidente, y solicitan la ayuda de la comunidad para rastrear a una persona sospechosa que, se cree, habría manipulado secciones de la red eléctrica en un esfuerzo por ayudar a un maniaco trastornado a escapar al amparo de la noche.

La pantalla proyectó entonces un boceto policial de un hombre cuyo rostro carecía de detalles en el dibujo, lo que lo hacía lucir menos como una persona y más como un ser humano con una máscara.

La reportera continuó:

—La policía ahora busca a este hombre, que escapó audazmente del Psiquiátrico Pennhurst esta noche...

Justo en ese momento, el televisor volvió a la pantalla azul, dejando a todos atónitos y en silencio.

—Hey —dijo Steve con el control remoto en la mano—. Esto va a sonar un poco gracioso, pero... ¿alguien más se sentía un poco mejor *antes* de que se encendieran todas las luces?

Un coro de respuestas afirmativas se elevó sobre el videoclub. Al igual que la familiar cubierta de sombras.

—Elijo la oscuridad —dijo Robin.

—Yo también —agregó Mike.

Los demás estuvieron de acuerdo:

—Lo mismo yo.

—Yo también.

—Que se mantengan apagadas.

Volvieron a sentarse, cada uno reclamando su lugar en el suelo, sintiéndose así más seguros. Nadie tenía prisa por llegar a casa, ver el sol o salir demasiado pronto... no mientras el hombre del que habían hablado en las noticias estuviera allá afuera. No mientras lo desconocido, al otro lado del cristal, estuviera aguardando por ellos.

Después de todo, cualquier cosa podría pasar allá afuera. Vivir en Hawkins ya era bastante aterrador.

FIN

OCÉANO exprés

Esta obra se imprimió y encuadernó
en el mes de agosto de 2024,
en los talleres de Impregráfica Digital, S.A. de C.V.,
Av. Coyoacán 100-D, Col. Del Valle Norte,
C.P. 03103, Benito Juárez, Ciudad de México.